청춘의
책갈피

역사의 한 페이지를 장식한 위인들의 청춘 멘토링

1판 1쇄 인쇄 2011년 10월13일 | 1판1쇄 발행 2011년 10월 18일 | 지은이 김옥림 | 펴낸이 임종관 | 펴낸곳 미래북 |
북디자인 송원철 | 제 302-2003-000326호 | 서울시 용산구 효창동 5-421호 | 전화 02)738-1227(대) | 팩스
02)738-1228 | E-mail miraebook@hotmail.com | ISBN 978-89-92289-40-5 13810

청춘의 책갈피

글. 김옥림

역사의 한 페이지를 장식한
위인들의 초대

MIRAE
BOOK

삶은 참으로 귀한 것입니다.

그리고 누구에게나, 무엇으로도 바꿀 수 없는 가치를 지니고 있습니다. 그러기에 삶을 함부로 할 수 없고, 함부로 해서도 안 됩니다.

어떤 이들은 성공적인 삶을 살고, 어떤 이들은 비참한 삶을 살기도 합니다. 삶을 어떻게 사느냐 하는 방식의 차이에서 그런 결과가 만들어지는 것입니다.

성공적인 삶을 살았거나 살고 있는 사람들에겐 다음과 같은 공통점이 있습니다.

첫째, 열정의 에너지를 갖고 끊임없이 자신의 목표를 향해 달려 갑니다.

둘째, 남을 배려하는 따뜻한 인간애를 가지고 있습니다.

셋째, 실패를 전혀 두려워하지 않고, 그 실패까지도 감싸 안습니다.

넷째, 독서를 즐기고, 책 속에서 지혜를 구합니다.

다섯째, 정직하고 용기 있으며 책임 있는 자세로 일관합니다.

여섯째, 자신보다는 모두를 생각하는 열린 사고를 갖고 있습니다.

일곱째, 신념과 의지와 개성이 뚜렷하고, 창의력이 풍부합니다.

작은 것 하나라도 그냥 이루어지는 것은 없습니다. 간혹 있다고 해도 그것은 가치를 따질 만큼의 큰 의미는 주지 못합니다. 그러나 성공은 모두에게 감동을 주고, 꿈을 주고, 삶의 방향을 제시해 줍니다.

인생에 있어 청소년기는 가장 소중하고 아름다운 시기입니다. 인생의 모든 것이 결정되는 때이기 때문입니다.

나는 이 책에 정치, 문학, 음악, 미술, 스포츠, 경제, 대중 예술, 과학, 사상 등 모든 분야에서 세계적으로 성공한 사람들의 '삶의 지혜'를 구체적인 실례를 들어 소개했습니다. 찬찬히 읽어 마음에 새겨둔다면 인생을 설계하는 데에 많은 도움이 되리라 믿습니다.

부디 확고한 꿈을 설정하고, 그에 걸맞는 강한 신념과 의지로 반드시 원하는 바를 이루시기 바랍니다.

초우당에서 김옥 림

Contents

작가의 말

Chapter 3

예술은 인생보다 길다

Chapter 4

도전하는 사람이 아름답다

WINSTON
LEONARD
SPENCER
CHURDHILL
MAHATMA GANDHI
FRANKLIN
DELANO
ROOSEVELT
JOHN FITZGERALD
KENNEDY
NELSON
ROLIHLAHLA
MANDELA
CHE GUEVARA
MARTIN
LUTHER
KING

1

세계에
평화를
주소서

성공은

　성적순이

아니다

. . .

윈스턴 L.
스펜서 처칠

WINSTON LEONARD SPENCER CHURDHILL 1874~1965

영국 수상을 두 번이나 지낸 영국의 대정치가, 명연설가
주요 저서:《제2차 세계대전 The Second World War》으로 노벨 문학상 수상

성공은
성적순이 아니다

✦

　　사람들은 흔히 성공한 사람은 공부를 잘했을 거라는 편견을 가지고 있다. 사실 그렇게 생각하는 것도 무리는 아니다. 실제로 성공한 사람들 중 많은 이들은 공부를 잘했으니까. 하지만 모두가 그런 것은 아니다. 좋은 성적이 반드시 성공의 보증수표는 아니라는 이야기다.

　　공부를 못하고도 인류 역사에 길이 남을 인물이 된 사람도 많다. 영국의 수상을 두 차례나 지낸 대정치가 윈스턴 처칠도 그런 사람 중 하나다.

　　그는 영국 명문 귀족인 말버러 가의 후손으로 태어났다. 대개의 귀족 자녀들이 공부를 잘했던 것과는 달리 처칠은 거의 공부를 못하는 열등생이었다. 해로우 공립학교 입학 당시 꼴등이었을 정도로. 결국 부모님의 바람에 부응하지 못하고 대학 진학에 실패한 그는 고민 끝에 샌드허스트 육군사관학교를 선택한다. 하지만 육군사관학교도 결코 만만한 대상은 아니어서 두 번이나 떨어졌고, 세 번째 도전에서 겨우 합격한다.

　　아마 누구도 쉽게 믿지 않을 것이다. 그토록 유명하고 훌륭한 정치가였던 그가, 세계대전의 참화 속에서 영국을 이끌어낸 위대한 지도자였던 그가, 고등학교에는 꼴등으로 입학하고, 부모님이 원하는 대학은 가지도 못했으며, 육군사관학교마저도 세 번의 도전 끝에 겨우 입학했다는 사실을. 그러나 그것은 엄연한 사실이다. 잘생긴 얼굴도 아니고 공부도 못한 처칠은 지금으로 보면 아주 별 볼일 없는 학생이었던 것이다.

그러나 그의 내면 깊숙이에는 다른 학생들과는 다른 무언가가 있었다. 불굴의 의지와 신념이 그것이었다.

그는 자신이 무엇을 해야 자기 자신과 부모님뿐만 아니라 민족과 조국 앞에 부끄럽지 않은 사람이 될 수 있을까 하고 진지하게 고민했다. 그의 가슴은 그런 생각으로 항상 뜨겁게 불타올랐다.

평범함 속에 비범함이 번뜩이다

성공한 사람들은 비록 공부는 못했다 하더라도 다른 사람에게는 없는 그들만의 특성이 있었다. 평범함 속에 비범함이 숨어 있었던 것이다.

처칠 역시 남과는 다른 비범함이 넘치는 사람이었다.

그에게는 상대방을 자신의 편으로 만드는 진지한 설득력과 강한 리더십이 있었다. 그리고 상대방의 마음을 읽고 그 사람 입장에서 생각하며 배려할 줄 아는 너그러운 성품의 소유자였다. 게다가 뛰어난 글솜씨까지 지니고 있었다. 비록 공부는 못 했지만 공부를 잘해도 도저히 따라올 수 없는 조건을 두루 갖추고 있었다. 즉 성공할 수 있는 잠재적 요건을 가지고 있었던 것이다.

하지만 아무리 많은 성공의 잠재적 요건을 갖추고 있다 하더라도 그것을 발현시켜나갈 노력과 열정이 없다면 아무 의미가 없다.

처칠은 자신에게 숨겨져 있는 재능이 발현되도록 많은 노력을 기울였다. 전쟁에 나가서는 죽을 고비를 숱하게 넘기면서도 몸을 아끼지 않고 싸웠고, 정치에 참여하면서는 화합과 결속력을 이끌어내기 위해 자신의 신념을 바쳐 사람들을 이끌었다. 그런 그의 부단한 노력과 뜨거운 열정은 수많은 경쟁자들 속에서 그를 단연 돋보이게 했고, 강한 신념과 카리스마는 영국 국민들을 감복하게 만들었다. 그래서 마침내 국민들의 열화와 같은 지지 속에서 영국의 수상의 자리에 오른다.

처칠의 능력은 제2차 세계대전을 치르면서 더욱 강력하게 발휘되어 연합국의 대표적인 지도자로서 누구도 흉내 낼 수 없는 멋진 활약을 보였다. 그 결과 전 세계에 자신의 이름을 뚜렷이 각인시켰다.

그뿐이 아니다. 그는 명연설가이기도 했다. 영국 국민들은 물론 세계인이 그의 연설에 크게 감동할 만큼 신뢰를 얻었던 것이다. 또한 저서〈제2차 세계대전〉을 집필하여 문학가가 아니면서도 노벨 문학상을 수상하는, 노벨 문학상 역사상 전무후무한 특이한 이력을 남겼다.

뛰어난 식견과 임기응변

✦

식견이 남다르다는 것은 그만큼 폭넓은 지혜와 지식을 갖고 있다는 것을 의미한다. 사물의 이치를 꿰뚫어보는 눈, 즉 어떤 사물의 가치를 판단하는 능력은 깊은 식견에서 오기 때문이다. 따라서 식견은 사람의 능력을 판단하는 기준이 되기도 한다.

지도자라는 위치에 선 사람들을 보면 대체로 폭넓은 지식과 아울러 높은 인격을 가지고 있었다.

처칠도 그런 사람 중에 하나였다. 그가 그렇듯 넓은 식견을 가질 수 있었던 것은 많은 독서 때문이었다. 그는 대단한 독서광이었던 것이다. 양뿐만 아니라 종류를 가리지 않고 읽어댄 것으로도 유명하다.

사람이 살다 보면 전혀 예상치 못했던 일에 봉착할 때가 있다. 이런 경우 어떤 사람은 당황하여 어쩔 줄 몰라 쩔쩔 매는가 하면 어떤 사람은 당황하는 기색 없이 미소까지 지어가며 자연스럽게 해결해나간다. 임기응변이 능한가, 능하지 못한가의 차이다.

처칠은 임기응변에 아주 능했다. 처음 정계에 나섰을 때 그는 당 지도층과 다른 주장을 펴 곤경에 빠졌다. 그가 주장하던 자유무역은 당 지도부의 정책과는 반대되는 것이었다. 때문에 심한 반대에 부딪혔고, 결국엔 신념을 실현시키기 위해 자신과 뜻을 같이하는 자유당으로 당적을 옮겼다. 그러나 그 후 자유·보수의 양당 연립체제가 무너지고 총선에서 낙선까지 하자 다시 보수당으로 옮겼고, 그곳에서 비로소 하원의원에 당선되었다. 이렇듯 그는 조국과 국민을 위한 자신의 신념을 지키고자 눈앞의 권익을 뿌리치는 결단력을 발휘했다. 임기응변이라는 또 하나의 재능을 가지고 있었던 것이다.

처칠은 성적으로만 보면 문제아였다. 그러나 지도자가 갖추어야 할 포용력과 너그러운 성품, 강한 신념과 의지를 가지고 있었고, 풍부한 독서를 통해 해박한 식견과 지혜, 위기에 대처하는 탁월한 임기응변, 그리고 사람을 사로잡는 화술도 지니고 있었다. 거기에 끊임없이 노력하는 뜨거운 열정도 가지고 있었다. 그 결과 두 차례나 수상직을 역임하는 대정치가가 되었던 것이다.

오늘날 처칠은 영국 국민들로부터 가장 많은 존경과 사랑을 받고 있다. 뿐만 아니라 세계적으로는 인류와 평화를 위해 최선을 다한 인물로 평가받고 있다.

생각 노트

　　공부를 잘해야 성공할 수 있다는 것은 편견으로, 시대착오적인 발상입니다. 그것은 우리 마음속에서 가장 먼저 버려야 할 그릇된 생각입니다.

공부를 못한다고 해서 꿈을 포기하지 마십시오. 대신 자기만의 특성을 계발하십시오. 그것이 여러분을 성공적인 인생으로 이끌 것입니다. 거기에 더욱 중요한 것은 자신의 특성을 계발하기 위해서 강인한 신념과 의지로써 최선의 노력을 다해야 합니다. 어떤 성공도 노력 없이 된 것은 하나도 없습니다.

그리고 책을 많이 읽어야 합니다. 책 읽는 머리와 공부 머리는 다릅니다. 공부는 잘 못했지만 책을 많이 읽은 사람은 훌륭한 작가도, 훌륭한 정치인도, 훌륭한 CEO도 될 수 있었습니다.

책 속에 삶의 길이 있고, 성공의 지혜가 숨 쉬고 있습니다. 재산과 명예는 사라지면 그만이지만 머릿속의 지식은 온전히 자신의 것입니다. 진정 성공하고 싶다면 책을 손에서 놓지 마세요.

인도

　　건국의

아버지

. . .

마하트마
간디

Mahatma Gandhi 1869~1948

무저항주의를 표방한 인도의 민족운동 지도자.
주요 저서 : 《인도의 자치 自治》, 《윤리종교》

소심하고
유약한 성격의 간디

✦

　　인도의 서쪽 카티아와르번 왕국, 포르반다르의 명문
가에 한 사내아이가 태어났다. 아버지는 재상이며 부호였기 때
문에 아이는 무엇 하나 부족한 것이 없었으나 성격은 매우 소
심했고, 두려움도 많았다. 하지만 언제나 정직했고, 강직했다.
그가 바로 인도 독립의 지도자이자 건국의 아버지, 간디다.

　　간디는 어린 시절 부모로부터 힌두교 자이나파의 교육을 받았
다. 그러다 미래를 위해 영국으로 유학을 가서 런던대학에서 법
률을 공부했다. 하지만 생활은 순탄치만은 않았다. 머나먼 식민
지에서 온 그가 영국인들의 눈에는 곱게 보이지 않았던 것이다.
간디는 그들의 멸시와 차별을 고스란히 견뎌야만 했다.

　　그는 졸업 후 그곳에서 변호사가 될 수 있었지만 모든 것을
접고 조국 인도로 돌아가 봄베이법원 관할하에서 변호사 사무
소를 차리고 일을 시작했다. 그런데 그는 항상 가슴 한쪽이 텅
빈 것처럼 서늘했다. 조국을 위해 뭔가 해야 한다고 생각하면
서도 막상 아무것도 하지 못하고 있었기 때문이었다. 그러던
중 일생을 바꾸어놓는 운명적인 사건이 일어났다.

1893년이었다. 간디는 한 사건의 소송을 의뢰받아 부인과 함께 남아프리카 더반으로 가게 되었다. 당시 남아프리카에는 약 7만 명의 인도인들이 거주하고 있었는데, 그들은 백인들에게 심한 박해를 받고 있었다. 그는 그곳에서 맡았던 일을 잘 마치고 다시 인도로 가기 위해 열차를 타려고 했다. 그런데 백인들이 그가 열차에 타는 것을 막고 나섰다. 변호사 자격증을 보여도 봤지만 끝내 역 밖으로 내동댕이쳐지는 수모를 당하고 말았다. 그제야 간디는 인도인들이 겪고 있던 수모의 고통을 뼈저리게 깨닫고 그들의 인권을 보호하기 위해 싸우겠다고 결심했다. 남아프리카 백인들 밑에서 신음하고 있던 7만 인도인의 권리를 되찾고 인종차별을 막아내기로 한 것이다. 톨스토이주의에 입각한 비폭력 투쟁의 계기가 마련된 것이다.

인종차별에 반대한 민족지도자 간디

남아프리카에서 백인들에게 심한 수모를 당한 후부터 간디는 변했다. 소심했던 성격은 대담하고 투철해졌다. 그리고 적극적으로 인도 노동자들에 대한 학대 및 인두세를 철폐할 것을 주장하고 나섰다.

당시 인도인들은 주 입법의원 선거에 참여할 권리가 없었다. 간디는 이를 공식적으로 항의했고, 기어이 참정권을 획득하는 데 성공했다. 이 일을 계기로 간디의 이름이 널리 알려지게 되었다.

1913년, 44세가 된 간디는 트란스발 주정부가 인도인의 이민 제한을 위해 부과한 지문 등록을 거부하는 등 악법에 반대하며 나탈 주에서 트란스발 주까지 행진을 해서 세계인의 이목을 집중시켰다. 바로 '사티아그라하 행진'이다. 비록 간디를 비롯한 행진 참가자 4천여 명은 모두 남아프리카 당국에 체포되었으나, 세계 여론 때문에 남아프리카는 간디의 요구를 받아들여야 했다. 아시아인 구제법이 제정되어 인도인에 대한 차별법이 모두 폐지된 것이다.

제1차 세계대전이 일어나자 그는 1915년 인도로 돌아왔다. 그리고 정치적인 운동 대신 토지 분쟁 같은 일에만 전념했다. 하지만 곧 민족에게 눈을 돌려 민족해방운동을 이끌기 시작했다.

처음에 그는 인도가 하루라도 빨리 독립하기 위해서는 영국의 입장을 지지해야 한다고 생각했다. 그러나 전쟁이 끝난 후 영국은 그를 배신했고, 1919년에는 '롤라트 법안'과 같은 반란 진압에 관한 조령을 시행하여 독립운동을 금지하고 나섰다. 이에 간디는 또 다시 '사티아그라하 운동'을 벌여 인도의 여러 곳을 순회하며 운동에 동참할 것을 호소했다.

그 후 간디는 영국에 대한 비협력 방침을 세우고, 납세 거부, 취업 거부, 상품 불매 등의 비폭력 저항운동을 전개했다. 그러자 이 운동은 마침내 인도 전역으로 번져갔다. 그 와중에 인도 각지에서 유혈사태가 일어났다. 간디는 1922년 국민들에게 과격한 시위를 자제하자고 호소하였고, 운동은 잠시 중지되었다. 그러나 간디는 그 책임자로 지목되어 체포되었다.

그후 간디는 석방되자 국민회의파의 의장으로 선출되었다. 그가 이번에 주장한 것은 인도인 자력으로 농촌을 구제하자는 것이었다. 그는 인도 전역을 돌며 자신의 주장을 펼쳤다. 하지만 이 일로 또다시 투옥되고 말았다. 1년 후 석방된 간디는 어윈 총독과 절충을 시도하여 '간디-어윈 협정'을 체결함으로써 영국에 대한 불복종운동(반영불복종운동)을 중지시켰다. 그러나 영국은 약속을 어겼다. 협정을 무시하고 인도인을 탄압했던 것이다. 간디는 중지했던 불복종운동을 재개하였고, 그 결과 또 다시 감옥으로 끌려갔다.

1932년 석방된 후에도 간디는 변함없이 자신의 의지를 불사르며 운동을 계속했다.

그러던 중 제2차 세계대전이 일어났다. 그러자 영국은 동의도 구하지 않고 인도인들을 전쟁에 투입시켰다. 처음에 인도인들은 완전한 독립을 조건으로 내걸고 항변했지만 타협이 이루어지지 않았고, 그래서 영국으로하여금 즉시 철수하게 하려는 목적 아래 대대적인 반영불복종운동을 진행시키기에 이르렀다. 이 운동의 정신적 지도자였던 간디는 이 일로 인해 73세라는 고령에도 불구하고 다시 투옥되었다. 그리고 1년 9개월 동안 감옥에 있어야 했다.

75세가 된 간디. 그는 여전히 인도의 독립을 위해 헌신했다. 그의 조국 독립에 대한 열정은 끝이 없었다. 그런 그의 모습엔 성자와 같은 의연함과 카리스마가 넘쳐흘렀다. 그리고 그가 78세가 된 1947년, 마침내 영국은 인도에서 물러갔다. 그가 그렇게 소망했고, 전 인도인이 간절히 원했던 독립이 쟁취된 것이다. 그러나 독립의 기쁨도 잠깐, 힌두교와 이슬람교의 대립으로 인도는 다시 갈등에 휩싸였고, 간디는 민족의 융화를 위해 다시 거리로 나섰다. 그러다 1948년 1월, 그의 주장에 불만을 품은 이슬람 극우파 청년이 쏜 총에 쓰러지고 말았다. 그의 나이 79세 때였다.

무저항주의를
만들고 실천하다

✦

　지금 우리는 그만의 사상을 특별한 이름으로 부르고 있다. '간디주의'가 그것이다.

　간디는 인종차별과 인권 유린을 예사로 하는 영국에 끊임없이 항변했다. 그러나 그의 투쟁은 다른 것들과 달리 비폭력 무저항 투쟁이었다. 그렇게 해서 마침내 인도의 독립을 이끌어냈다. 그런 그에게 시성 타고르는 '마하트마(위대한 영혼)'라는 새로운 이름을 붙여주었다. 그 후부터 그는 자신의 아버지가 지어준 이름 대신 마하트마 간디로 불러지게 되었다.

　그는 지금 가고 없지만 여전히 인도 건국의 아버지로, 영원한 평화주의자로 인도 국민들의 가슴에 살아 숨쉬고 있다.

생각 노트

간디는 본래 소심한 성격이었지만 조국의 독립을 위해 성격을 적극적으로 바꿨고, 이를 바탕으로 신화와 같은 삶을 살았습니다. 그의 삶을 보면 소심한 성격의 사람도 얼마든지 의지에 따라 변화시킬 수 있다는 것을 깨닫게 됩니다. 그는 그것을 가르쳐준 등불과도 같은 존재입니다. 또 폭력 없이도 얼마든지 저항운동을 할 수 있다는 전례를 남겼습니다. 투쟁이라는 낱말이 가지고 있는 극단적이고 폭력적인 이미지를 무저항주의라는 평화적 이미지로 바꿔 놓은 것입니다. 그의 무저항주의는 간디주의라는 새로운 투쟁 모델로 전 세계인의 가슴에 새겨졌습니다.

그는 박애주의자였고, 평화주의자였습니다. 인간을 아끼고, 인권을 존중하는 그의 정신에서 나온 결과였습니다. 사람이 사람을 사랑하는 것, 그리고 인간답게 사는 것, 그것이 진정 사람의 일이라는 것을 보여준 그는 지금도 전 세계인의 가슴에 감동으로 남아 있습니다.

최선은

　　언제나

최고를

　　이룬다

. . .

프랭클린D.
루스벨트

Franklin Delano Roosevelt 1882~1945

미국 4선 대통령, 경제 대공황 때 뉴딜정책을 편 대정치가.

겸손과
덕을 갖춘 인간성

⚜

사람은 누구나 겸손한 사람을 좋아한다. 겸손하고 예의바른 사람을 보면 친근감과 믿음이 가기 때문이다. 거기다 덕까지 갖춘다면 존경심까지 생긴다. 이렇듯 겸손과 덕은 사람이 지녀야 할 근본이지만 그것을 모두 갖추기란 쉽지 않다.

미국 32대 대통령 루스벨트는 겸손과 덕을 두루 갖춘 사람이었다. 그는 자신의 부하직원이나 가족, 그리고 자신보다 손아래 사람들에게 항상 겸손한 자세로 대했다. 또 작은 일에도 세심한 관심을 보인 것으로도 유명하다. 그래서 사람들로부터 존경을 한 몸에 받았다.

실패를 승리의
에너지로 삼다

⚜

루스벨트는 미국 역사상 최초로 네 번이나 대통령이 된 사람이다. 그러나 그의 인생이 언제나 승승장구하지만은 않았다.

역사적으로 성공한 삶을 산 사람들 중에 시련과 고난을 겪지 않은 사람이 단 한사람도 없었다는 것을 상기한다면 그의 시련이 특별한 것은 아니다. 그럼 루스벨트는 어떻게 시련을 이겨냈던 것일까?

루스벨트는 윌슨이 대통령으로 재직하던 시절, 해군 차관을 거쳐 1920년의 대통령 선거에서 민주당 대표로 출마했으나 결과는 참패였다. 게다가 설상가상으로 소아마비에 걸려 병마와 싸우지 않으면 안 되는 어려운 나날을 보내야 했다.

연속적인 고난은 그를 고통의 바다 속으로 빠뜨렸다. 그는 이대로 주저 앉느냐, 다시 일어서느냐를 놓고 갈등했다. 이대로 주저앉느냐, 그렇지 않으면 다시 일어서야 하느냐? 그만큼 선거에서의 패배와 소아마비라는 병마와의 싸움은 견딜 수 없는 고통이었던 것이다. 하지만 그대로 무너진다면 그건 영원한 인생의 패배자가 된다는 것을 잘 알고 있었다. 그래서 이를 악물고 초인적인 인내심을 발휘했다. 병마로 인해 비록 불편한 몸이 되었지만 그에 굴하지 않았다. 그리고 마침내 일어나 1928년의 대통령 선거에서 당시 대통령 후보였던 스미스를 위해 멋진 활약을 했을 뿐만 아니라 자신은 뉴욕지사에 당선되었다.

그는 자신에게 표를 준 사람들을 위해 최선을 다 할 것을 굳게 다짐하고 열성적으로 일했다.

그러한 그에게 기회는 다시 찾아왔다. 대통령이 될 수 있는 기회가 주어진 것이다.

당시 미국은 극심한 경제 불황을 겪고 있었다. 그 바람에 그가 공약으로 내세운 '뉴딜New Deal' 정책은 국민들의 지지를 받았고, 그 결과 1933년에는 압도적인 표차로 32대 대통령에 당선되었다. 결과적으로 그에게 주어진 고난과 역경은 불굴의 힘이 되었던 것이다.

그의 불굴의 정신 앞에서는 고난이란 한낱 바람에 날리는 먼지와 같았다. 그에게 내려진 천형과도 같은 소아마비 역시 오히려 그를 더욱 겸손하고 고매한 인품의 소유자로 만들어주는 계기가 되었다.

루스벨트는 이렇게 말했다.

"나는 젊었을 때 정치에 뜻을 두었는데 실패도 많이 했고, 때문에 고통스러운 일도 많이 겪었다. 하지만 거기에 굴하지 않고 열심히 노력했고, 마침내 대통령이 될 수 있었다. 생각해보면 내 삶은 일곱 번 넘어지고, 여덟 번 일어난 결과였다."

그는 자신의 성공은 수많은 실패와 고통 속에서 이루어진 것이라고 고백했던 것이다. 이 말은 인생을 성공으로 이끈 사람의 말이기에 더욱 설득력이 있다. 때문에 지금도 많은 사람들이

귀감으로 삼고 있다.

실패 없는 성공은 그 어디에도 없다. 모든 성공은 실패를 딛고 오는 것이기 때문이다.

비전을 투시하는
예리한판단력

中

루스벨트의 성공 비결은 끝없는 도전 정신과 새로운 비전에 대한 예리한 판단력, 그리고 남의 의견을 존중하고 평화와 자유를 사랑하는 따뜻하고 부드러운 인간애에 있었다.

그는 평화주의자여서 언제나 약자를 보호했고, 전쟁을 증오했다. 그리고 국민의 자유와 권리를 생각했다. 때문에 미국을 극심한 경제대란으로부터 구해낼 수 있었다. 바로 국민과 국가에 미래를 위한 꿈을 확실하게 심어준 것이다.

그는 일찍이 '언론의 자유', '신앙의 자유', '결핍으로부터의 자유', '공포로부터의 자유'라는 네 가지 원칙을 세웠다. 그리고 민주국가들이 하나로 뭉쳐 이 네 가지 자유를 구현하고 세계를 재건해야 한다고 호소했다. 이 네 가지 자유는 훗날 1941년

'대서양 헌장', 1942년 '연합국 공동선언'을 거쳐, 국제연합[UN] 헌장의 인권 조항이 되었고, 1948년에는 국제연합 총회에서 '세계인권선언'의 전문으로 채택되는 영광을 안게 된다.

거듭된 실패와 소아마비라는 신체적 장애의 상황에서도 그는 좌절하지 않았다. 불굴의 의지와 믿음, 겸손과 온유한 미덕, 그리고 끊임없는 창의력을 바탕으로 비전을 제시했고, 그 결과 자국은 물론 세계인류평화와 자유를 드높이는 역할을 했다. 성공은 거저 이루어지지 않는다는 것을 온몸으로 보여준 것이다. 루스벨트야말로 인생의 진정한 승리자였다.

생각노트

정상에 오른 사람들은 자신이 지닌 재능을 믿기보다는 자신들의 열정을 더 믿었습니다. 그리고 꾸준한 노력과 실천으로 놀라운 성과를 이루어냈습니다. 실패 없는 성공은 없습니다. 미국의 전무후무한 4선 대통령이자 세계의 평화와 자유를 구현하는 데 위대한 업적을 남긴 루스벨트 역시 수없이 넘어지는 시련을 겪어야 했습니다. 그러나 그러한 것들을 성공의 에너지로 만들어 고난을 물리치고 찬란한 성공의 금자탑을 쌓았던 것입니다.

루스벨트가 성공할 수 있었던 데에는 식지 않는 도전 정신과 새로운 비전을 제시하는 예리한 판단력에 있었습니다. 그는 창의력과 지혜를 기르기 위해 언제나 사색하고 공부함으로써 창조정신을 기르고 지혜를 갖췄습니다. 큰 성공 뒤엔 반드시 거기에 상응하는 노력의 대가가 있는 법. 거저 오는 성공은 결코 없습니다. 이를 기억하고 실천하기 바랍니다.

미국 역사상

가장

찬란하게 빛난

40대 기수

. . .

존 F. 케네디

John Fitzgerald Kennedy(1917~1963

미국 제35대 대통령을 역임한 정치가.
'뉴 프런티어New Frontier' 정책을 내세워 세계 냉전 해소에 지대한 영향을 끼침.
주요 저서 : 《용기 있는 사람들Profiles in Courage》

영원한
청년정신

✢

　미국 역사상 최초로 40대에 대통령이 된 사람, 바로 44세의 존 F. 케네디다. 그의 할아버지는 19세기 후반 아일랜드에서 매사추세츠 주로 이민을 왔다. 그러니까 그는 이민자의 후손이었다.

　케네디는 어려서부터 매우 총명하고, 매사에 당당했다. 눈은 언제나 초롱초롱 빛났고, 불의를 보면 참지 못하는 정의로운 성품을 지니고 있었다. 친구들 사이에서는 리더십이 뛰어났고, 말을 잘하는 친구로 통했다. 그런 모습은 하버드에 진학한 후에도 그대로 이어졌다. 어떤 주제에 대해서든 토론하기를 좋아했고, 열정적으로 자신의 주장을 펼치는 집념을 보였다. 일찌감치 강한 인상을 심어주었던 것이다.

　그는 1942년 해군에 입대했다. 제2차 세계대전에 참전한 것이다. 하지만 오래지 않아 부상을 당했고, 결국 제대를 했고, 제대 후에는 INS 통신원으로 일하면서 UN이 창설된 샌프란시스코 회의, 영국 총선거, 포츠담 회의를 취재하는 등 활발히 활동을 했다. 그때부터 정치에 관심을 갖게 되어 1947년에는 매사추세츠 주 하원의원에 당선되었고, 1953년에는 상원의원에 당선되었다. 그러면서 자신이 공약으로 내세운 일들을 성실히 수행하여 국민들로부터 많은 인기를 얻었다. 그리고 마침내 넘치는 열정과 번뜩이는 지성으로 민주당 대통령 후보로 선거에 나서 역사상 유래 없이 젊은 나이로 대통령으로 당선되는 쾌거를 이룩했다.

그가 젊은 나이에 대통령이 될 수 있었던 가장 큰 이유는 끊임없는 도전과 조국을 생각하는 간절함이 있었기 때문이다. 더불어 영원한 젊음인 청년정신에 있었기에 가능했다. 청년정신이야말로 그의 가장 큰 장점이었던 것이다.

대범함과 부드러움을 조율하는 탁월한 능력자

*

케네디의 가슴속엔 두 가지 마음이 있었다. 하나는 어떤 상황에서도 결코 두려워하지 않는 대범함이었고, 또 하나는 강물처럼 흐르는 부드러움이었다. 상황에 따라 이 두 가지 마음을 적절하게 조화시키며 능력을 펼쳐나갔다. 그는 대통령이 되어 '뉴프런티어New Frontier' 정책을 펼쳐나갈 때 진가를 발휘했다. 그 결과 미국이 냉전 해소에 적극 참여하게 함으로써 세계평화를 주도해나갔고, 1962년에는 카리브해를 해상 봉쇄함으로서 쿠바 내의 소련 기지를 강제로 철거시켰고, 소련과 부분적인 핵 실험 금지 조약을 맺어 미소 간에 해빙기를 이루게 했다. 그 외에도 남미의 여러 나라와 '진보를 위한 동맹'을 결성하고, 평화봉사단을 통해 후진국을 원조하는 등 세계평화에 적극적으로 앞장섰다. 이 모든 일을 할 때 한편으론 강경론으로, 또 한편으로는 한없는 부드러움으로 정치인들과 국민들을 설득했다. 그는 탁월한 연설가이자 국민들의 마음을 읽어내는 지혜로운 지도자였다.

부드럽지만 넘치는카리스마의 소유자

✛

케네디의 꿈은 미국이 세계민주주의를 이끄는 중심 국가가 되는 것이었다. 이른바 강력한 미국을 만들고 싶었던 것이다. 그의 젊은이다운 패기는 아이젠하워 정부의 침체된 정치에 염증을 느끼던 미국 청년들에게 신선한 바람이었다.

특히 연설을 할 때 청중을 향해 "존경하는 미국 시민 여러분, 우리 ~합시다."라는 말을 반복함으로써 관심을 집중시켰다. 미국인들은 그의 이런 반복 어법에서 강력한 카리스마를 보고 열렬한 성원을 보냈다.

역사적으로 보면 대부분의 권력자들은 국민들을 휘어잡기 위해 권력을 사용했다. 그러나 케네디는 강력한 권력을 휘두르는 대신 민주주의 정신을 바탕으로 뜨거운 감정과 냉철한 이성에 호소했다. 부드럽지만 거부할 수 없는 강한 리더십을 지닌 대통령이었던 것이다.

불행히도 그는 대통령으로 당선된 지 2년 만에 한 청년에 의해 암살을 당하고 만다. 그러나 지금도 미국인들은 그를 미국 역사상 가장 사랑과 존경을 받은 대통령으로 기억하고 있다.

생각 노트

케네디의 성공 비결은 끊임없는 열정, 지치지 않는 도전정신, 그리고 식지 않는 청년정신에 있었습니다. 사무엘 울만은 그의 시《청춘》에서 청춘은 겁 없는 용기이자 안이함을 뿌리치는 모험심이라고 했습니다. 그리고 나이를 먹어서 늙는 것이 아니라 이성을 잃어서 늙는다고 했습니다. 이 시처럼 케네디는 이성의 날을 세우고 항상 자신을 갈고 닦는 데 게을리 하지 않았습니다.

그는 강하면서도 부드러운 카리스마를 지녀 국민들 스스로 국가의 발전에 참여하게 유도했습니다. 그것이 그를 강한 대통령으로 만든 원동력이었습니다.

남아프리카 공화국

　민주주의의

횃불

. . .

넬슨R. 만델라

Nelson Rolihlahla Mandela 1918~

남아프리카 공화국 최초의 흑인 대통령, 인권운동가이자 아프리카 민족회의(ANC) 회장.
주요 저서 :《자유를 위한 머나먼 여정 No Easy Walk to Freedom》

신념으로
똘똘 뭉친 사나이
※

신념은 용기 있는 사람을 만든다. 남아프리카공화국 코사족 자치지구인 움타타에서 템프족 추장의 아들로 태어난 만델라의 경우도 그랬다. 그는 어려서부터 남달리 강한 신념을 가진 소년이었다. 그는 소수의 백인들이 다수의 흑인들을 노예처럼 지배하는 것을 이해할 수 없었다. 그런 의문은 그의 신념을 더욱 굳혀주었다.

그는 포트헤어대학에 입학했으나 학생운동을 했다는 이유로 제적당했다. 그때부터 본격적으로 백인들로부터 핍박을 받는 흑인들의 인권을 위해 싸우기 시작했다. 1942년 그는 비트바테르스란트대학교에서 법률 학위를 받은 뒤 동료인 올리버 탐보와 함께 흑인 최초로 요하네스버그에 법률상담소를 열고 본격적으로 흑인 인권운동을 전개했다.

흑인해방운동의
등불이 되다

✢

만델라는 흑인이 백인에게 천시와 박해를 받는 것을 도저히 묵과할 수가 없었다.

'똑같은 인간인데 어째서 백인에게는 인간답게 살 권리가 주어지고, 흑인에게는 노예가 되어야 할 의무가 주어지는가? 왜 흑인들은 백인들을 위해 짐승처럼 일하고, 짐승 같은 취급을 받아야 하는가?'

그는 분개했다.

그래서 이를 바로잡기 위해 1942년 아프리카 민족회의에 참여했고, 그곳에서 흑인 해방운동의 지도자로 부각되었다. 1948년 이후에는 집권 국민당의 아파르트헤이트 정책(흑인에 대한 인종차별 정책)에 대항해 격렬한 논쟁을 벌였고, 목숨을 걸고 싸우기도 했다. 그러나 백인들의 강한 압박에 밀려 반역이라는 죄명을 쓰고 감옥에 갇히고 말았다. 그후에도 1952년과 1956년에 두 차례나 더 수감생활을 해야 했다.

하지만 그것으로 끝이 아니었다. 1960년 3월, 경찰이 비무장 군중들을 향해 발포하고 무자비하게 살상을 감행한 '샤프

빌 흑인학살사건'이 일어나자 그때까지 지켜오던 비폭력 노선을 포기하고 정부를 향한 무장투쟁을 지도했다. 그로 인해 1961년에 체포되어 5년 징역형을 선고받았다.

그러나 그는 저항을 멈추지 않았다. 그러자 남아프리카공화국 정부는 그를 영원히 매장시키기 위한 계략을 꾸몄다. 그의 반정부 활동을 증명할 만한 자료를 모조리 수집한 후 1964년에 마침내 종신형을 선고해버린 것이다.

흑인으로서 남아프리카 최초의 흑인 대통령이 되다

만델라는 감옥에 갇혀 고통의 세월을 보내면서도 조국의 민주주의와 흑인들의 인권을 회복시키겠다는 열망을 버리지 않았다. 하지만 27년 동안의 수형생활은 그의 몸을 만신창이로 만들었다. 급기야는 결핵 증세가 나타났고, 입원 치료를 받아야 했다. 그런데 이 일이 계기가 되어 남아프리카공화국에서 벌어지고 있는 흑인에 대한 극심한 인종차별의 실상이 전 세계에 알려지게 되었다. 그는 일약 세계인권운동의 상징적인 존재가 되었다. 국제 사회는 만델라의 투쟁을 위대한 성과로 인정하고 그를 석방시키기 위해 남아프리카공화국 정부를 압박하기 시작했다. 결국 만델라는 국제사회의 압력에 힘입어 1990년에 석방되었다.

만델라는 곧바로 아프리카 민족회의 부의장으로 선출되었다. 그리고 얼마 후 오랜 동료인 올리버 탐보의 뒤를 이어 의장이 되었다. 그후 데 클레르크 총리와 평화적이고 자주적인 협력관계를 유지하기 위해 애썼다. 그 결과 남아프리카공화국은 평온하고 자유로운 사회로 거듭났다.

1993년, 세계는 다시 그의 손을 들어주었다. 남아프리카공화국의 평화를 위해 노력한 공로를 인정받아 데 클레르크 총리와 공동으로 노벨평화상을 수상했던 것이다. 그리고 이듬해 실시한 대통령선거에서 투표인의 65%라는 압도적인 지지를 받아 남아프리카공화국 최초의 흑인 대통령으로 당선되었다. 그리하여 46년 동안이나 지속되었던 흑인 인종차별 정책을 종식시켰다.

그는 남아프리카공화국 평화의 수호자이며 흑인 해방운동가였다. 인도에 마하트마 간디가 있었다면 남아프리카공화국엔 넬슨 만델라가 있었던 것이다.

생각 노트

만델라는 신념이 강한 사람이었습니다. 그래서 온 갖 핍박과 죽음 등 극단적인 위협에도 불구하고 남아프리 카공화국의 민주주의 투사가 되었습니다. 신념은 불가능을 가능하게 하는 용기와 믿음을 주는 원동력입니다.

만델라가 개인만의 성공을 추구했다면 위대한 인물이 되 지 못했을 것입니다. 하지만 그는 자신의 성공보다는 흑인 들의 인권을 위해 평생을 바쳤습니다.

남을 위해 사는 것은 모험과도 같습니다. 인생을 성공적으 로 산 사람들은 그걸 알면서도 과감하게 승부를 걸었습니 다. 그래서 그들의 삶이 더욱 빛나고 돋보이는 것입니다.

박애주의

혁명가

. . .

체 게 바 라

Ch Guevara 1928-1967

쿠바 혁명을 이끈 아르헨티나 출생의 혁명가.
주요 저서 : 《게릴라 전쟁 La Guerra de Guerrillas》,
《혁명전쟁 여행 Pasajes do la Gu erra》

꿈,
그넘치는
에너지의 포상

✦

군복에 검은 베레모, 짙은 눈썹과 턱수염, 잘생긴 외모. 한때 금기시된 서적의 저자. 어릴 때는 에르네스토 게바라 Ernesto Guevara라고 불렸던 사나이. 바로 쿠바 혁명의 주역 체 게바라다.

게바라는 아르헨티나 로사리오에서 중산층 가정의 맏아들로 태어났다. 그는 태어나자 곧 천식을 앓아 몸이 몹시 약했다. 하지만 부모님은 그를 정성으로 돌봤고, 그 덕분에 몰라보게 건강해졌다.

인자한 아버지의 영향을 많이 받은 그는 따뜻하고 부드러운 품성을 지닌 소년으로 자랐다. 항상 자신보다 가난한 친구들과 어울리면서 굶주려 있는 그 친구들에게 먹을 것을 나눠주기도 하고, 때로는 자신의 집으로 데리고 와서 재워주기도 했다. 그러면서 한 가지 의문을 품게 되었다. '왜 세상에는 부자와 가난한 사람이 있는가?' 하는 것이었다.

'왜 누구는 잘살고 누구는 가난하게 살아야 하는 걸까?'

그는 가슴속에 늘 의문을 품은 채 자신의 꿈을 위해 의학도가 되기로 결심하고 1953년 부에노스아이레스대학에서 의학박사 학위를 받았다.

위대한
혁명의 길에 서다

✛

그러나 그는 사회적 지위와 부를 축적할 수 있는 의사 자리를 버리고, 불평등사회를 개혁하는 혁명에 몸을 바치기로 결심을 했다. 그것만이 라틴아메리카의 사회적 모순을 해결할 수 있다고 굳게 믿었던 것이다. 그래서 멕시코로 가서 그곳에서 망명생활을 하고 있던 쿠바 혁명의 지도자, 피델 카스트로와 합류했다. 그렇게 의기투합한 그들은 반정부 활동을 벌였다.

게바라는 용감한 사람이었다. 그리고 전쟁을 결코 두려워하지 않았다. 전쟁만이 위기에 빠진 쿠바를 구할 수 있다고 믿었다. 그들이 전개한 게릴라 전투는 그 어떤 전쟁보다도 치열했다. 총알과 폭탄이 빗발치는 곳에서도 혁명을 위해 두려움 없이 온몸을 바쳤다. 그것도 남의 나라인 쿠바의 민주주의를 실

현시키기 위해서! 그리고 마침내 쿠바의 독재자 바티스타
Fulgencio Batista를 축출하는 데 성공했다. 이로써 게바라는 쿠바가
새로운 역사를 시작하는 데 일등공신이 되었다.

죽음을 두려워하지 않는 박애주의자

✛

게바라는 결코 죽음을 두려워하지 않았다. 독재자를 몰아낸
그는 피델 카스트로가 이끄는 정부에서 산업부 장관(1961~1964)
을 역임했다. 편안한 삶을 마다하고 고통과 억압받는 사람들을
위해 일을 한 것이다. 비록 자신의 나라는 아니었지만 헐벗은
사람들을 위해서라면 자신의 희생을 마다하지 않았다.

그는 제3세계에 대한 미국의 영향력에 강력하게 저항하면서
카스트로 정권의 반미주의와 친 공산주의 노선을 적극 옹호했
다. 농민이 주체가 된 혁명을 하는 것이야말로 후진국의 살길
이라고 주장했던 것이다. 그런 성향은 그가 게릴라 전투에 대
해 쓴 두 권의 책에 잘 나와 있다.

1965년, 그는 다시 총알이 빗발치는 전쟁터로 갔다. 분쟁 중이던 볼리비아에 잠입하여 반정부군을 이끈 것이다. 그러나 그의 전쟁은 오래가지 않았다. 얼마 후 볼리비아 정부군에게 붙잡혔고, 1967년 발레그란데 근처에서 총살되고 말았다. 그의 나이 39세 때였다.

그는 자신의 인생을 송두리째 혁명을 위해 바쳤다. 그것도 자신의 조국 아르헨티나가 아닌 쿠바와 볼리비아를 위해서. 왜 그랬을까? 그 해답은 그가 타고난 박애정신에 있다. 그는 천성적으로 타고난 박애주의자였으며 휴머니스트였다. 그것이 그의 존재 이유이자 삶의 목표였던 것이다.

사람들은 누구나 자신에게 주어진 환경에서 편안히 살기를 원한다. 그러나 게바라는 평범하고 안락한 삶의 길을 과감히 벗어 던져버리고 가난하고 무지한 사람들을 위해 헌신했다.

그가 죽은 지 벌써 40년이 넘었다. 지금은 우익이니 좌익이니 하는 편가름도 의미가 없는 세상이 되었다. 그러나 평등과 박애를 부르짖던 그의 정신은 여전히 인류를 밝히는 횃불이 되어 활활 타오르고 있다.

생각노트

　　게바라는 편안한 삶을 포기하고 민중을 위해 자신의 젊음을 바친 혁명가이자 박애주의자였습니다. 그의 삶이 빛나는 건 다수를 위해 자신의 목숨을 바쳤다는 데 있습니다. 아무나 위대한 혁명가가 되는 것은 아닙니다. 앞을 내다보는 예지력과 불굴의 도전정신, 그리고 어떤 상황에서도 굴하지 않고 투쟁할 수 있는 용기를 가지고 있어야 합니다.

박애주의자가 되기 위해서는 자기 개인의 영화를 포기할 수 있어야 합니다. 그렇지 않고서는 진정한 휴머니스트가 될 수 없습니다.

게바라의 삶이 빛나는 것은 그러한 것 모두를 포기한 무소유자이었기 때문입니다.

미국

흑인 해방운동

지도자

. . .

마틴 루터 킹

Martin Luther King 1929~1968

흑인 인권을 위해 투쟁한 미국 침례교회 목사, 신학박사, 철학박사.
주요 저서 : 《우리 흑인은 왜 기다릴 수 없는가Why We Can't Wait》

열성적
학구파
✛

　　마틴 루터 킹은 미국 침례교회의 흑인 목사로, 할아버지와 아버지에 이어 3대째 목사가 되었다. 그는 가난한 어린 시절을 보냈다. 지금은 그렇지 않지만 당시에는 백인들에 의한 흑인들의 인권유린이 비일비재했다. 그런 모습을 보고 자란 킹은 흑인을 고통으로부터 탈출시켜야 한다는 큰 꿈을 품었다. 그리고 그 꿈을 실현시키기 위해서는 먼저 배워야 한다고 생각했다. 그래서 열심히 공부했다. 그 결과 1955년 보스턴대학에서 신학박사 학위를, 하버드 대학에서는 철학박사 학위를 받았다. 그러나 그것으로 만족하지 않았다. 그래서 목사가 되었다.

　　그의 공부에 대한 열정은 집착에 가까울 만큼 끝이 없었다. 그것은 가슴속에 품고 있던 꿈, 바로 흑인들의 인권을 찾아주겠다는 강한 신념이 있었기 때문이었다.

흑인 인권운동에
앞장서다

✝

    비폭력 저항과 인종차별 철폐 및 식민지 해방 운동을 펼친 간디의 사상에 깊은 영향을 받은 킹은 목사가 된 후에 '몽고메리 시에서 운영하는 버스에는 흑인이 탈 수 없다.'는 법조항에 반대하는 운동을 벌이며 본격적으로 흑인 인권운동에 뛰어들었다. 이른바 '몽고메리 버스 보이콧 투쟁'을 지도한 것이다. 그렇게 투쟁을 한 지 1년 만인 1956년에 마침내 원하는 것을 이뤄냈다.

    그 후에는 그리스도 지도회의를 결성하여 비폭력주의로 인종차별을 반대하는 투쟁을 이끌었다. 그로 인해 수차례나 투옥되었지만 굴하지 않았다. 그 결과 마침내 존 F. 케네디 대통령의 인권법안이 통과되는 계기를 제공했다. 그러자 흑인들의 가슴속에는 벅찬 희망이 생겼다. 하지만 멈추지 않았다. 많은 흑인들의 존경을 받았지만 그는 그런 것이나 자신의 개인적인 삶에는 관심이 없었다. 그의 마음은 온통 흑인들의 인권을 찾겠다는 일념으로 가득 찼을 뿐이었다.

    그런 그의 행보를 달가워하지 않는 사람들도 있어 때로는 협박도 받았고, 목숨을 위협받는 위험한 일도 있었다. 기득권을 빼앗기지 않으려는 백인 우월주의자들의 제거 목표가 되었던 것이다. 그럴수록 목숨을 건 그의 헌신적인 노력은 세계인에게 깊은 감동을 주었다. 그리하여 1964년 노벨평화상을 수상하기도 했다.

영원한
흑인들의 우상

✛

킹은 깊은 종교적 믿음과 신념을 갖고 있었다. 그런 믿음과 신념이 어떤 압박과 억압에도 두려워하지 않게 해주는 힘의 원천이 되어주었다. 불행하게도 그는 제임스 얼이라는 백인이 쏜 총알에 죽음을 맞지만, 그의 죽음은 또 다른 흑인 인권운동을 낳는 기폭제가 되었다. 그러니까 자신의 생명까지도 흑인들의 인권을 위해 바친 것이다.

그는 바쁜 와중에서도 많은 저서를 남겼다. 몽고메리 버스 보이콧 투쟁에 관하여 쓴 《자유를 향한 위대한 행진》을 비롯해서 《우리 흑인은 왜 기다릴 수 없는가》, 《흑인이 가는 길》 등이 그것이다. 그는 그 책들에서 오직 흑인들에 대한 꿈과 희망을 말했고, 압박과 핍박으로부터 벗어나야 된다는 신념을 피력했다.

우리는 역사가 보여주는 증거들을 통해 비록 한 사람일지라도 그 힘이 얼마나 막강한지 알게 된다. 한 사람의 위대한 영혼은 수많은 사람을 희망으로 이끌어주는 강한 에너지를 생성시킨다는 것을. 마틴 루터 킹의 삶 역시 수많은 흑인들에게 희망을 안겨주었고, 자유와 평화를 선물했다.

그가 가고 없는 지금, 흑인들은 여전히 그를 우상으로 간직하고 있다. 그는 미래의 흑인들, 나아가 전 인류에게 푸른 하늘에 높이 떠오르는 태양처럼 찬란하게 빛날 것이다.

생각 노트

　　킹은 '인간의 참모습'을 잘 보여준 진정한 인권옹호론자였습니다. 남을 위해 자신을 던질 수 있는 희생적 삶이 인간이 가진 진정한 모습이라고 온몸으로 보여준 것입니다. 나 아닌 다른 이를 위해 산다는 것은 쉬운 일이 아닙니다. 그러기에 그런 이의 삶이 위대한 것 아니겠습니까! 킹 목사는 자신의 목표를 위해 열심히 공부했습니다. 열심히 공부한다는 것, 노력한다는 것, 그것은 참으로 가치 있고 아름다운 일입니다. 또 자신의 미래와 꿈을 위해 노력하는 자만이 기쁨을 얻을 수 있습니다.

　　킹은 미국 사람들의 가슴속에 살아 있는 전설입니다. 사람은 죽어 이름을 남긴다는 우리 속담처럼 누군가의 가슴속에 영원한 전설로 남아 있다는 것은 행복한 일입니다.

인류의
정신적
지주

독일

　근세 철학의

아버지

...

임마누엘 칸트

Immanuel Kant 1724~1804

서유럽 근세 철학의 기초를 세운 독일 철학자.
주요 저서 : 《순수이성비판Kritik der reinen Vernunft》,
　　　　　《실천이성비판Kritik der praktischen Vernunft》

철저하게
규칙을지킨
칸트

✤

　스코틀랜드에서 이주해 온 소시민 가정에서 태어난 근세 철학의 대가 칸트는 마구馬具 제조업자인 아버지와 신앙심이 두터운 어머니 밑에서 평화스러운 어린 시절을 보냈다.

　그는 어려서부터 자신이 정한 규칙을 어기는 법이 없었고, 평생 동안 한번도 흐트러진 모습을 보인 일이 없었다. 얼마나 규칙적인 생활을 했는지 그가 사는 동네의 사람들은 그가 산책하는 것을 보고 몇 시인지 알았다고 한다. 이런 그의 생활 태도는 독실한 청교도였던 어머니에게 교육을 받은 결과였다. 항상 겸손하고 경건한 어머니의 생활태도를 보고 자연스럽게 감화되고, 몸에 익히게 된 것이다.

　그런 그는 마침내 철학자가 된다. 철학은 사람이 어떻게 살아야 하는지를 가르쳐 주는 심오한 학문이다. 그러기 위해서는 책도 많이 읽어야 하고 거듭거듭 연구를 해야 한다. 또, 극도의 인내심도 있어야 한다. 그만큼 위대한 철학자가 되기란 쉬운 일이 아닌 것이다. 사실 규칙적으로 생활하고 절제하는 것은

대단히 어려운 일이다. 그런데 칸트는 어려서부터 익힌 습관이
철학을 하는 데 큰 도움이 되었던 것이다.

집요하고 끈질긴 학문탐구

✦

　칸트는 대학에 진학해 수학, 철학, 신학, 자연과학을 배웠
다. 대학을 졸업한 후에는 10년 동안 가정교사를 하다가 모교
에서 강사로 교단에 서게 되었고, 나중에는 논리학 및 형이상
학 교수가 되었다.

　그는 대학에서 학생들을 가르치면서도 자신의 연구를 게을
리 하지 않았다. 특히 17세기 영국 왕립학회 회장이자 최고의
물리학자였던 뉴턴의 영향을 많이 받았다. 그래서 뉴턴 역학의
모든 원리를 확대 적용하여 우주의 발생을 역학적으로 해명하
는 기틀을 만들었다. 바로 '칸트-라플라스 성운설'이라는 획
기적인 학설을 발표한 것이다.

　또 뉴턴과 루소를 자신의 학문을 지탱하는 두 개의 기둥으
로 삼고 연구에 연구를 거듭한 끝에 '비판철학'을 탄생시키기

도 했다. 《순수이성 비판》과 《실천이성 비판》, 그리고 《판단력 비판》이 그것이다.

《순수이성 비판》에서 그는 수학적 자연과학을 바탕으로 한 뉴턴의 철학을 바탕으로 인식 구조에의 철저한 반성과 통일을 역설했다. 즉 신을 중심으로 한 종래의 형이상학 개념은 더 이상 이론적 학문이 될 수 없으며, 따라서 인간의 이성과 감각을 기초로 한 자연만이 인식 가능한 세계라고 주장한 것이다. 신이 아닌 인간 중심의 학문만이 의미가 있다는 주장이었다. 이는 세계를 바라보는 기존의 시각에 획기적인 전환을 가져왔다.

그렇게 해서 인식의 기초를 마련한 그는 이번에는 제2비판서인 《실천이성 비판》을 통해서 실천의 문제를 제시했다. 즉 이성적인 존재는 자율적으로 행동하는 존재이며, 도덕적인 행위를 통해서 스스로 자유로운 존재라는 것이었다. 여기서 도덕적으로 행동하게 하는 의지가 '실천이성'이다. 또 그는 감각으로 형성된 세계는 인간을 자연적인 존재로밖에 만들지 못하지만 의지로 조율하는 세계, 즉 실천이성은 인간을 무한한 가능성을 가진 창조적 존재로 만든다고 주장했다.

순수이성과 실천이성을 기초로 이론과 실천이란 기틀을 만들고 이 두 의미를 통일시키는 제3비판서 《판단력 비판》을 발표했다. 또 이성과 실천 중간쯤에 판단력이 있는데, 여기에는 크게 미적 판단력과 목적론적 판단력이 작용한다고 주장했다. 그에 의하면 미적 판단력이란 이해관계가 존재하지 않는, 즉 목적성이 없는 감정이나 쾌감 등의 인식을 낳는다는 것이다. 하지만 목적론적 판단력을 동원하면 단순한 통제를 벗어나 일생의 과제이자 세기적 과제에 비판적 해결을 가능하게 함으로써 스스로 철학적 결말에 도달하게 된다고 주장했다.

그는 세 권의 비판서 외에도 《포롤레고메나》, 《도덕 형이상학 원론》, 《도덕 형이상학》, 《자연과학의 형이상학적 원리》, 《인간학》, 《자연지리학》 등의 많은 저서를 남겼다.

서유럽
근세 철학의 선구자

✢

칸트의 철학은 세 권의 비판서를 간행한 지 몇 년 지나지 않아 예나를 비롯한 몇 곳을 거점으로 하여 순식간에 전 독일의 대학, 논단을 석권했다. 뿐만 아니라 피히테에서 헤겔에 이르는 독일 관념론 철학의 선두 주자로서, 또 그 모태로서 커다란 역할을 했다. 그 영향은 영국, 프랑스의 이성주의 철학에까지

영향을 미쳤다. 훗날 독일 철학의 계보를 잇는 신칸트학파의 철학은 칸트의 비판주의를 직접 계승·지향했다. 물론 신칸트 학파가 퇴조한 후에도 그의 철학은 철학 조류에 직·간접적으로 많은 영향을 주었다. 이로써 근면했고, 자신이 정한 규칙에 엄격했으며, 학문을 탐구하는 데 열정적이었던 칸트는 세계 철학의 아버지가 된 것이다.

어떤 일도 그냥 이루어지는 것은 없다. 더군다나 철학이라는 학문을 탐구하기 위해선 많은 시간과 열정을 쏟아 부어야 한다. 칸트는 그 모든 조건을 완벽하게 수행함으로써 세계 철학의 한자리를 차지하는 쾌거를 이룩했다.

생각 노트

칸트는 언제나 규칙적인 생활을 했습니다. 그것은 시간과의 싸움에서 승리자가 되기 위해 노력했기 때문에 가능했던 것입니다. 위대한 철학자라는 칭호는 그냥 얻는 명예가 아닙니다. 시간에 쫓기지 않고 시간을 이끌고 갔을 때 얻을 수 있습니다.

칸트는 목적의식이 분명한 사람이었습니다. 그리고 자신이 세운 목표를 위해 노력을 아끼지 않았습니다. 우리 주위에는 유혹하는 것이 많습니다. 친구, 오락, 게임 등······.

하지만 목표를 위해서는 포기해야 하는 것이 생기는 것은 어쩔 수 없습니다. 그 선택의 순간에 칸트는 자신의 목표를 선택했습니다. 그리고 노력했습니다. 그랬기에 목표를 이룰 수 있었습니다.

최고가 되기 위해서는 훨씬 많은 노력이 필요합니다. 칸트는 번뜩이는 아이디어를 가진 천재가 아니라 피나는 노력으로 위대한 철학자가 된 사람입니다. 노력이야말로 자신을 최고로 만드는 최상의 투자임을 잊지 마십시오.

행동하는

　지식인의

표상

. . .

장폴사르트르

Jean Paul Sartre 1905~1980

프랑스 실존주의 철학자, 소설가, 극작가, 평론가.
주요 저서 : 《구토 La Nausee》《존재와 무 L'tre et le N ant》《파리 Lee Mouches》

프랑스가 낳은 대표적 지성

1907년, 2세밖에 안 된 한 어린 아이가 아버지를 여의 었다는 것도 모른 채 외할아버지에게 맡겨졌다. 아프리카의 성 자로 잘 알려진 노벨평화상 수상자 A.슈바이처의 삼촌이었던 C. 슈바이처는 아버지를 잃은 가여운 어린 손자를 보듬어 안았 다. 그 아이가 1905년 프랑스 파리에서 태어난 장 폴 샤르트르다.

샤르트르는 어릴 때부터 남달리 영특했다. 그래서 파리의 명문 에콜 노르말 쉬페리외르의 철학과에 진학할 수 있었다. 평생 학문적 동지이자 반려자였던 시몬 드 보부아르를 만난 것 도 바로 이때였다. 그는 졸업할 때 수석을 차지했을 정도로 뛰 어난 재능을 가지고 있었다. 훗날 대학교수가 되기는 했지만 졸업할 당시에는 프랑스 북부의 항구 도시인 루아브르에서 고 등학교 철학교사로 사회에 첫발을 내딛었다. 그때의 생활은 훗 날 그에게 많은 문학적 영감을 가져다 주었다. 그 예로 1938년 에 발표되어 세상의 이목을 끌었던 《구토》에서 '부비르'라는 지명은 루아브르를 각색하여 등장시킨 도시명이었다.

1933년, 30세가 된 샤르트르는 새로운 것에 도전한다. 베를

린으로 유학을 가서 후설과 하이데거의 철학을 공부한 것이다. 그리고 이를 바탕으로 1934년에는 〈자아의 극복〉을, 1936년에는 〈상상력〉이라는 두 편의 철학 논문을 발표했다. 그로부터 1년 후에는 그 유명한 소설 《구토》를 발표하여 실존주의 문학의 창시자가 되었다. 비로소 신진작가로서의 기반을 확고히 다지게 된 것이다. 그 후 그는 정열적으로 집필을 계속해서 1943년에는 철학 논문 《존재와 무》와 희곡 《파리 떼Les Moiuches》, 장편소설 《자유의 길Les Chemins de la libert》, 《시튀아시옹Situations》등을 발표했다. 또 제2차 세계대전이 끝난 뒤에는 동문이었던 메를로 퐁티의 도움을 받아 《레탕모데른Les Temps Modernes》이라는 월간지를 창간하였는데, 이를 통해 소설, 평론, 희곡 등 다채로운 문필 활동을 펴서 전후문학을 이끌었다.

사르트르의 사상과 문학

✦

1946년, 사르트르는 《실존주의는 휴머니즘이다 L' Existentia lisme est un humanisme》라는 책을 통해 인간은 실존적 존재라는 주장을 펐다. 여기서 그는 도구와 같은 존재는 본질이 앞서지만 개별적 단독자인 실존에 있어서는 존재가 본질에 앞선다고 했다. 또 실존은 주체성을 말하며 인간은 먼저 실존하고 그 후에 자유로운 선택을 통해서 자기 자신을 만들어간다고 했다. 실존의 결단과 행동의 연대성을 주장한 것이다.

사르트르는 철학적인 문제뿐만 아니라 세계 평화와 사회 문제에 대해서도 깊은 관심을 가지고 있었다. 특히 연설과 평론을 통해 소련의 공산주의에 대해서 날카로운 비판을 서슴지 않았다. 《유물론과 혁명》, 《변증법적 이성비판》 등도 그런 맥락에서 저술된 것이다.

행동적
지식인의 표상

✛

사르트르는 철학과 문학을 행동과 실천으로 이끌어낸 행동하는 지식인이었다. 또 무게 있는 지적 활동을 통해 역량을 유감없이 발휘한 것으로도 유명했다. 그러한 그의 철학적 사상과 문학은 그를 프랑스를 대표하는 최고의 지식인 반열에 오르게 했다.

그는 사생활에서도 파격을 서슴지 않았다. 당대는 물론 현대에 있어서도 파격이라 하지 않을 수 없는 시몬 드 보부아르와의 계약결혼도 그의 돌출행동 중 하나다. 그는 학자나 지식인들의 경건함과 엄숙주의를 무시했다. 아니, 오히려 과감히 깨뜨려 보였다. 결혼마저도 당연히 요구되는 엄숙함을 철저히 내동댕이쳐버렸다. 언제나 당당하게 행동했다. 결국 1964년에는 이미 결정된 노벨 문학상마저 거절해버렸다. 그런 행동은 보통사람으로서는 도저히 할 수 없는 것이었다. 누구나 받고 싶어 하는 노벨상을 거절함으로써 자신의 문학이 상을 받기 위한 것이 아니라 오직 문학만을 위한 것이라는 것을 행동으로 보여줬다.

오늘을 사는 우리는 사르트르를 프랑스가 낳은 최고의 지성인으로 기억하고 있다. 그는 단순히 지식을 전달한 것이 아니라 행동과 실천으로 몸소 보여주었기 때문에 세계의 지성인으로 평가받을 수 있었던 것이다. 진정한 문학이 무엇인지, 그리고 문학가가 가야 할 길이 어떤 길인가를 몸으로 가르쳐주었다.

생각 노트

사르트르는 행동하는 지식인이었습니다. 자신의 이론을 행동으로 실천하는 작가이자 철학자였습니다.

말하기는 쉽지만 행동하기는 어려운 법입니다. 또 사회의 관습과 싸우는 것을 두려워한 나머지 순응하기 마련입니다. 그러나 그는 자신을 옭아매는 모든 관습과 당당하게 맞섰고, 그리하여 시대를 앞서가는 지식인으로 이름을 남겼습니다.

사르트르가 프랑스 최고의 지식인이 된 데에는 끊임없는 노력과 열정이 있었기에 가능했습니다.

자신의 삶을 만족으로 이끌기 위해서는 땀방울을 흘려야 합니다. 어떤 삶도 그에 맞는 열정과 땀방울이 있을 때에라야 비로서 완성되기 때문입니다. 땀방울을 흘리는 자는 그가 누구든 존귀합니다. 그런 사람만이 성공이란 금자탑을 쌓을 수 있습니다.

영원한

　　자주의

기상

. . .

사베드라미구엘
데세르반테스

Saavedra Miguel de Servantes 1547~1616

스페인의 소설가, 극작가, 시인.
주요 작품 :《돈키호테Don Quixote》《모범 소설집Novelas Exemplares》

가난을 숙명으로 안고 태어나다

❖

　돈키호테를 탄생시킨 세르반테스는 1547년 스페인 알칼라데에나레스에서 태어났다. 외과의사였던 그의 아버지는 귀에 장애가 있었기 때문에 의사인데도 늘 궁핍한 생활을 해야 했다. 환자들이 청각장애자에게 진찰을 받으려 하지 않았던 것이다. 결국 가난은 세르반테스에게서 교육의 기회를 빼앗아 갔다.

　가난을 벗어나기 위해 그의 가족은 바람처럼 떠돌며 겨우겨우 연명했다. 바라드리드, 마드리드, 세빌라 등 그가 가보지 않은 곳이 없을 정도였다.

　유랑생활은 고통의 연속이었다. 하지만 결코 좌절하거나 돈의 노예가 되지는 않았다. 어린 세르반테스에게는 오히려 새로운 문물을 접하고 경험하는 기회가 되었다. 아름다운 도시, 뜨거운 햇살, 열정적인 집시들과 음악, 그리고 그곳에서 살아가는 사람들…… 그런 것들은 세르반테스에게 태어나 살아가는 것에 대해 깊은 성찰과 자각을 선물했다. 그런 들풀처럼 고되고 거칠었던 어린 시절은 훗날 불후의 명작 《돈키호테》를 쓰는 데 기름진 자양분이 되었다.

하지만 당시에는 언제나 배가 고팠다. 육체적인 허기는 정
신적인 허기도 같이 가져다 주었다. 하루하루 끼니를 걱정해야
하는 집안 형편으로는 공부는 그야말로 그림의 떡이었다. 그런
그에게 기회가 찾아왔다. 21세였던 1568년에 로페스 데 오요
스가 운영하고 있는 마드리드의 개인 글방에서 공부를 할 수
있게 된 것이다. 그러나 그것도 잠시뿐이었다. 다음 해 그는 이
탈리아로 가서 아크콰비바 추기경을 모시는 일을 했다.

불행을 달고 다니는
사나이

+

1570년 세르반테스는 이탈리아 주재 스페인 군대에 입대하
여 이듬해인 1571년에 '레판토 해전'에 참전했다. 그런데 전투
에 참가했다가 가슴과 팔에 큰 부상을 당했다. 특히 팔에 입은
부상은 매우 심각해서 이후로 평생 동안 왼손을 쓰지 못하는
장애인이 되고 말았다. 보통 젊은 나이에 장애를 입게 되면 자
신이 당한 불행을 곱씹으며 실의에 빠질 것이다. 하지만 그는

좌절하지 않았다. 오히려 장애도 잊은 채 다시 전쟁터로 갔다.

튀니스 전쟁에 참가했을 때는 스페인 군인으로서 자부심을 한껏 발휘하여 주변 사람들에게 깊은 감동을 주었다. 1587년에는 스페인 해군 사령관이며 왕의 동생인 돈 후안으로부터 표창장을 받기도 했다. 그는 어떤 불행에도 굴하지 않고 적극적으로 생각하고 행동했다.

세르반테스는 항상 자신의 앞날이 훤하게 빛날 것이라고 생각했다. 그의 가슴 안쪽에는 돈 후안에게 받은 표창장도 있었고, 시칠리아의 셋사 공작이 써준 추천장도 있었기 때문이었다. 그것만 있으면 미래는 보장받은 것이나 다름없었다. 그러나 그의 희망은 스페인으로 가던 배 위에서 산산이 부서지고 말았다. 해적의 습격을 받아 알제리로 끌려가게 된 것이다. 그는 그곳에서 무려 5년 동안이나 노예로 살아야 했다. 그는 불행이 자신을 빗겨가지 않은 것에 대해 크게 좌절했다. 그러나 다시 용기를 내어 반드시 고향으로 돌아가겠다는 신념을 굽히지 않았고, 결국 스페인으로 돌아갔다. 신념이 그에게 새로운 희망을 주었던 것이다.

5년이란 시간이 흐르는 사이 세상은 이미 그를 잊고 있었다. 표창장도 추천장도 없었다. 아니, 있었다고 해도 시간이 너무 지나 소용없었을 것이다. 그래서 꿈에도 그리던 고국 스페인으로 돌아왔지만 알제리에 있을 때와 별반 다르지 않은 힘든 생활을 해야 했다. 그러다가 부유한 농가에서 자란 18세 연하의 카타리나와 결혼을 한 후부터 안정을 찾았고, 이듬해 첫 소설 《라 갈라테아La Galatea》를 발표했다. 본격적으로 작가의 길을 걷기 시작한 것이다. 그리고 문학에 대한 열정을 불태우기 시작한 그는 무려 20여 편이나 되는 희곡을 썼다. 그러나 지금은 안타깝게도 《알제리의 생활》과 《라 누만시아》, 두 편만 전해지고 있다. 그중 《라 누만시아》는 훗날 셸리와 괴테로부터 극찬을 받기도 했다.

그는 당시에는 유명한 작가가 아니었다. 명성을 얻지도, 생활이 나아진 것도 아니었다. 그래서 펜을 놓고 대신 세금을 걷으러 다니는 일을 하며 근근이 생계를 이어갔다. 그렇다고 글쓰기를 완전히 포기한 것은 아니었다. 피곤한 몸을 이끌고 짬짬이 펜을 들었고 마침내 1605년에 《돈키호테》제1부를 발표했다.

이 작품은 출판되자마자 많은 사람들의 갈채를 받았다. 하지만 가난은 여전히 그를 괴롭혔다. 또 그를 보는 사람들의 시선도 곱지 않았다. 심지어 살인 누명을 쓰고 감옥에 갇혔다가 풀려나는 어이없는 일을 당하기도 했다. 그러나 그는 좌절하거나 삶을 포기하지 않았다. 대신 자신이 겪은 굴욕과 아픔을 작품으로 승화시켰다. 1615년, 《돈키호테》1부를 발표한 지 꼭 10년 만에 '제2부'를 발표하여 완성시켰다. 그의 굳은 의지가 불후의 명작을 탄생시킨 것이다.

돈키호테와 함께 세계를 날다

《돈키호테》의 정식 명칭은 《재치 발랄한 향사鄕士 돈 키호테 데 라 만차》다. 당시 스페인에서 유행한 기사이야기를 패러디Parody 해서 썼다고 한다. 그는 이 작품의 탄생 배경을 '당시 유행하고 있던 기사 이야기의 인기를 누르기 위한 것'이라고 술회했다. 어쨌든 작품은 그가 바란 대로 큰 인기를 끌었다. 그 외에도 12편의 중편을 모은 《모범 소설집》과 동시대의 시인을 평한 장시 《파르나소에의 신의 여행》, 《신작 희곡 8편과 막간 소극 8편》 등을 발표했다.

세르반테스는 셰익스피어와 동시대를 살았는데 그들에게는 몇 가지 공통점이 있었다. 죽은 날이 같다는 것도 그중 하나다. 또 인간의 내면세계를 적나라하게 작품으로 승화시킨 것, 실패를 만났을 때 결코 좌절하거나 포기하지 않은 것 등도 같았다.

우리는 여전히 《돈키호테》를 읽고 큰 감동을 받는다. 그러나 그보다 더 큰 감동을 주는 것은 불굴의 의지로 불행과 맞서 싸운 세르반테스의 정열적이고 굳건한 삶에 대한 의지이자 삶을 대하는 태도다.

생각 노트

세르반테스가 세계적인 작가가 될 수 있었던 것은 불우한 환경에 굴복하지 않았기 때문입니다. 포기하면 아무것도 이룰 수 없고, 좌절하고 눈물 흘리는 것으로는 아무것도 해결할 수 없습니다. 부딪치고, 깨어지고, 그리고 다시 일어나야 합니다.

작가는 현실을 냉정히 바라볼 수 있어야 합니다. 또 사물을 세밀히 관찰하고, 그를 바탕으로 깊은 사색을 할 줄 알아야 합니다. 그렇게 해서 희망적 삶의 가치를 부여할 수 있어야 합니다.

세르반테스는 가난했고, 장애를 얻었고, 조롱받았고, 얼마간은 노예로도 살아야 했지만 그런 속에서도 사람들을 만났고, 생활을 관찰했고, 인간의 본성에 대해 사색했습니다. 그리고 그것을 작품으로 승화시켰습니다. 이는 삶을 외면하지 않았기 때문에 가능했던 일이었습니다.

때로는 좌절할 수도 있습니다. 그러나 이내 씩씩하게 주먹으로 눈물을 쓱 닦아내고 벌떡 일어설 수 있어야 합니다.

독일

　　고전주의의

거성

. . .

요한볼프강폰
괴테

Johann Wolfgang von Goethe 1749~1832

독일 최고 시인, 작가, 과학자, 정치가, 자연 연구가.
주요 작품 : 《파우스트 Faust》《이탈리아 기행 Italienische Reise》《젊은 베르테르의 슬픔
Die Leiden des Jungen Werthers》

귀족명문가에서태어나
법률을공부하다

괴테는 프랑크푸르트 암마인에서 제실 고문관이자 법률가였던 엄격한 아버지와 시장의 딸로서 명랑한 성격의 어머니의 맏아들로 태어났다. 특히 어머니는 괴테에게는 언제나 좋은 이해자였고 상담자였다.

어린 시절 괴테의 교육은 주로 아버지가 맡았다. 그리고 철이 들 무렵부터는 가정교사가 그를 가르쳤다. 아버지와 가정교사는 모두 엄격했다. 괴테가 집을 떠나 생활하기 시작한 것은 라이프치히대학에 입학하면서부터였다. 아버지의 뜻에 따라 법률 공부를 하기 위해서였다. 그때 그의 나이 16세 때였다. 하지만 자신의 의지가 아닌 강요에 의한 공부가 재미있을 리없었다.

그는 법률보다 오히려 미술에 더 흥미를 가지고 있었다. 더구나 엄격한 아버지의 그늘을 벗어났다는 것은 그에게 더 한층자유를 느끼게 해주었다. 그는 더 이상 고분고분한 착한 소년이 아니었다. 그는 몸이 상하는 것도 모른 채 주어진 자유를 만끽했다. 그 결과 대학에 간 지 3년 만에 피를 토하고 집으로 돌아와야 했다.

그때 전에는 못해봤던 새로운 경험들을 하게 되었다. 집에서 요양을 하던 중 어머니의 친구였던 크레텐베르크의 영향으로 경건한 신앙을 접하게 된 것이다. 그 인연으로 크레텐베르크는 훗날 《아름다운 영혼의 고백》의 모델이 되기도 했다. 신비주의와 중세의 연금술에 대해서 깊은 관심을 갖게 된 것도 그때였다.

하지만 병이 나은 후 괴테는 스트라스부르대학에서 다시 법률 공부를 해야 했다. 아버지의 권유를 뿌리칠 수 없었던 것이다. 그런데 그것이 그의 인생의 전환점이 될 줄은 아무도 몰랐다.

법률 공부를 해야 했지만 감성이 봉쇄당하지 않았던 괴테는 문학가 헤르더를 만났다. 그는 괴테에게 새로운 문화적 충격을 안겨주었다. 그것이 그의 일생을 결정하는 큰 계기가 되었다. 그로부터 그리스와 로마의 고전과 셰익스피어의 작품, 민요 등을 배웠고, 셰익스피어의 위대함을 발견하게 되었다. 그래서 이전에 보았던 로코코 문학의 엄격함을 벗고 인간 본연의 감정을 자연스럽게 표현하는 작품에 심취하게 되었다.

사랑과
문학

✛

괴테는 사랑이 많은 사람이었다. 그의 첫사랑은 그레트헨이었다. 15세 때 첫사랑에 실패한 그는 스트라스부르대학을 다니던 시절 근처 마을에 살던 프리데리케와 사랑을 나눴다. 목사의 딸이었던 그녀는 그에게 전원의 아름다움을 가르쳐주었다. 그들은 약혼까지 하며 미래를 약속했으나 괴테는 일방적으로 파혼을 선언하고 그녀에게서 떠났다. 그는 그 일로 한참을 괴로워했다. 그녀를 버렸다는 마음의 부담과 회한은 훗날 그의 시의 주제가 되기도 했다.

대학을 졸업하고 변호사가 된 괴테는 고향에서 변호사 사무실을 차렸다. 그리고 다음 해에는 제국의 고등법원 실습생이 되었다. 그 때문에 몇 달 동안 베츨러에 머물러야 했다. 그런데 그곳에서 평생을 두고 잊지 못할 사랑을 하게 되었다. 그 사람은 샬로테 부프였다. 그러나 그녀와의 사랑 역시 이루어지지 않았다. 그는 그때의 이루지 못한 사랑을 《젊은 베르테르의 슬픔》이란 작품으로 발표했다. 이 작품은 그에게 작가로서의 명성을 얻게 해주었을 뿐 아니라 독일적인 개성 해방을 부르짖던 문학 운동, '슈투름 운트 드랑 Sturm und Drang(질풍노도)'의 중심인물로서 활발한 창작활동을 하는 계기를 마련해주었다.

샬로테 부프에게 실연을 당한 다음 해인 1775년에 바이마르 공화국의 젊은 대공 카를 아우구스트의 초청을 받아 바이마르로 떠났다. 그리고 그곳에서 여러 공직을 거치며 치적을 쌓았고, 재상에 올라 10년 남짓 국정에 참여하는 등 정치인으로서 새로운 삶을 살았다. 또 지질, 광물을 비롯한 자연과학의 연구에 몰두하기도 했고 비교해부학의 선구자가 되기도 했다. 그무렵 그의 곁에는 한 여인이 있었다. 12년 동안이나 사랑을 나눴던 샤를로테 폰 슈타인 부인이었다. 1786년 괴테가 이탈리아로 여행을 떠나면서 그들의 사랑은 끝나버렸지만 그녀로 인해 예술을 완성하는 데 큰 영향을 받았다. 이탈리아에서 그림을 그렸던 그는 1천여 점의 스케치를 완성하는 와중에도《타우리스 섬의 이피게니》와《에그몬트》라는 희곡을 써 그녀에게 바쳤을 정도로 그에게 특별한 존재였다.

그가 가정이란 울타리 안에서 행복을 느끼기 시작한 것은 1788년 바이마르로 돌아와 가난한 집안의 딸이었던 크리스티아네 불피우스라는 여인과 동거를 하기 시작하면서부터였다. 그는 1806년에 비로소 정식으로 결혼하여 가정을 꾸렸다. 결혼은 그에게 안정을 선물해주었다. 또 문학적으로도 완성도가 높은 작품을 쓸 수 있게 해주었다. 시인과 궁정 사람의 갈등을 그린 희곡 《타소》, 관능의 기쁨을 노래한 《로마 애가》, 과학논문인 《식물 변태론》 등이 모두 이 시절에 발표되었다.

그러나 그의 사랑은 그것으로 끝나지 않았다. 74세의 나이로 19세의 소녀를 사랑했을 정도로 여인의 대한 사랑은 마르지 않았던 것이다. 그의 그칠 줄 모르는 사랑은 《젊은 베르테르의 슬픔》이나 《마리엔바더의 비가》와 같은 명작을 만들어내게 했다. 순수한 사랑이 위대한 작품으로 승화된 것이다.

문학과
사상

1786년 이탈리아로 여행을 떠난 괴테는 그의 생애에 큰 전환점을 맞는다. 이때부터 이전의 '슈투름 운트 드랑'의 어두운 정열에서 벗어나 고전주의 예술로 몰입하게 된 것이다. 이런 경향은 1791년 궁정극장의 감독이 된 후 고전주의 연극 활동을 시작하게 되는 계기가 되었다.

또 그에게는 사랑만큼이나 귀한 우정이 있었다. 실러와의 우정이 그것이다. 괴테가 실러가 기획한 《호렌^{Horen}》이란 잡지 발행에 적극적으로 협력하면서 맺어진 그들의 우정은 실러가 먼저 죽어 서로의 길이 달라질 때까지 이어졌다. 이념주의자였던 실러는 자연주의자였던 괴테에게 큰 영향을 끼쳤다. 그동안 중단되었던 《파우스트》를 다시 쓰게 된 것도, 《빌헬름 마이스터의 도제 시절》과 서사시 《헤르만과 도로테아》가 발표된 것도 모두 실러가 그에게 준 용기 때문이었다. 이로써 그는 '현재의 완성을 추구하는 독일의 고전주의'를 확립했다.

실러의 죽음과 함께 만년을 맞이한 괴테는 '세계문학'의 제청과 그 실천에 관심을 가졌다. 당시 괴테는 이미 유럽문학의 최고 위치를 차지하고 있었다. 또 프랑스, 영국, 이탈리아는 물론 신대륙 미국의 문학까지도 조망할 수 있는 학식이 있었다. 그래서 그는 각 나라의 국민문학의 교류와 젊은 세대를 위한 세계문학적인 시각을 가져야 한다고 주장했다.

그는 고령의 나이에도 끝없는 창작활동을 펼쳤다. 또 과학과 그림에도 뛰어난 천재성을 유감없이 보여줬다. 23세에 시작해서 죽기 바로 전 해인 83세에 완성한 평생의 역작 《파우스트》만 보더라도 그가 얼마나 지칠 줄 모르는 정열의 소유자였는지 알 수 있다. 바로 이런 순수한 열정이 그를 독일 문학뿐만 아니라, 세계문학사에 길이 남는 위대한 작가로 만든 것이다.

생각 노트

괴테를 위대한 문학가라고 하는 것은 《파우스트》나 《젊은 베르테르의 슬픔》 같은 불후의 명작을 남겼기 때문입니다. 또 예술적 장르를 가리지 않고 자신의 역량을 맘껏 발휘했다는 점에도 주목해야 합니다. 그는 지질학, 광물학, 비교해부학 등의 과학과 미술 등 각 분야마다 뛰어난 결과물을 남겼습니다. 그것은 하나에만 매달리지 않고 자신의 원하는 삶을 위해 다양하게 경험하는 개척정신을 가지고 있었기 때문에 가능했습니다. 만약 경험을 해보지 않았더라면 자신에게 맞는지 맞지 않는지 알 수 없어 그런 성과를 이루지 못했을지도 모릅니다.

위대한 인물은 보통 사람들과 2%가 다르다고 합니다. 그것은 타고난 천재성의 차이가 아니라 열정과 노력, 실천의 차이, 즉 열정과 실천 의지의 문제입니다. 열정과 실천은 재능보다 유효한 성공의 힘입니다.

우리가 괴테를 기억하고 기리는 것은 그에게 그 2%가 있었기 때문입니다. 모든 일에 열중하는 것이야말로 성공적인 인생을 위한 최고의 무기라는 것을 괴테는 온 생애를 던져 말해주고 있습니다..

탁월한

현실묘사

. . .

찰스디킨스

Charles Dickens 1812~1870

영국의 대표적 소설가.
주요 작품:《올리버 트위스트Oliver Twist》,《위대한 유산Great Expectations》,
　　　　　《크리스마스 캐럴A Christmas Carol》

글쓰기를 좋아했던
가난한 소년

✛

영국 남쪽 포츠머스, 해군 경리국에서 하급 관리로 일
하는 한 남자에게 아들이 태어났다. 그는 마음씨가 좋은 사람
이었지만 돈에 관한 한 너무도 욕심이 없었다. 때문에 그의 아
들은 어린 시절부터 빈곤에 시달려야 했다. 다른 친구들은 학
교를 다녔지만 그 아이는 학교에 가는 친구들을 부러운 눈으로
바라보고 있어야만 했다.

아이는 12세가 되자 공장에 가서 일을 했다. 어린 나이에 견
디기 힘든 노동이었지만 가난한 집안 형편 때문에 그만둘 수가
없었다. 그런데 정작 그에게 힘든 일은 고된 노동보다 공부를
할 수 없는 상황이었다. 그의 어린 가슴은 공부에 대한 열망으
로 가득 차 있었던 것이다.

훗날 대작가가 된 후 그는 자신이 어떻게 글을 쓰기 시작했
는지 기억하지 못했다. 누군가에게 배운 일이 없었기 때문이
었다.

아이는 틈틈이 글을 썼다. 잘 쓴 글인지 잘 못 쓴 글인지 알
지 못한 상태에서 날마다 눈꺼풀에 무겁게 매달리는 잠을 쫓아

내며 썼다. 그렇게 글을 쓰기 시작한 아이를 지금 우리는 위대한 작가라고 부르고 있다.

끊임없는도전앞에
불가능은없다

어느덧 청년이 된 디킨스는 원고를 탈고할 때마다 정성껏 출판사에 보냈다. 그러나 어떤 곳으로부터도 원고가 채택되었다는 말을 듣지 못했다. 처음 듣는 이름의 무명작가 원고를 흔쾌히 받아줄 출판사는 그 어디에도 없었던 것이다. 그러나 그는 실망하지 않고 글을 계속 써서 출판사에 보냈다. 그러던 어느 날 한 출판사로부터 연락이 왔다.

"당신의 원고를 책으로 낼 생각입니다. 앞으로 좀 더 좋은 작품을 쓸 거라고 믿습니다만 지금 당장은 원고료를 지불할 수 없을 것 같습니다."

디킨스에게 돈을 받을 수 없다는 것은 별로 중요한 일이 아니었다. 중요한 건 자기 원고가 책으로 만들어져 나온다는 것이었다.

'내 책이 나온다고? 아, 내게 이런 행운이 오다니! 이, 이게
정녕 꿈은 아니겠지…….'

집으로 향하는 그의 발걸음은 날개가 달린 것처럼 가벼웠다.

작가로서의
날개를 펴다

✤

1836년, 비로소 그의 첫 번째 책 《보즈의 스케치》가 출간되
었다. 이듬해엔 장편 《피크위크 페이퍼스》 등의 작품들이 발표
되었다. 특히 그중에 《올리버 트위스트》는 폭발적인 인기를 끌
며 그를 명실상부한 작가의 위치에 올려주었다. 그 후 《니콜라
스 니클비》, 《골동품 상점》, 《크리스마스 캐럴》, 《바나비러지》,
《돔비와 아들》 등 장편, 중편 소설을 연이어 발표하며 왕성한
활동을 펼쳤다. 그의 작품은 발표될 때마다 세간의 이목을 집
중시켰다. 당시 영국의, 특히 런던의 가난하고 비참한 사람들
의 모습이 작품 속에 생생하게 묘사되어 있었기 때문이었다.
어린 시절 자신의 가난했던 생활을 그림을 그리듯 묘사해놓았
던 것이다. 이는 독자들로 하여금 현재 자신의 모습과 주변을

돌아보게 했을 뿐만 아니라 많은 작가들로 하여금 이념이나 종교가 아닌 현실에 관심을 갖게 하는 계기가 되었다.

디킨스는 자전적 소설 《데이비드 코퍼필드》를 쓰기 시작한 1850년부터는 이전과는 다른 성향을 보였다. 이전의 작품들이 한 주인공의 성장과 경험을 중심으로 한 것이었다면, 그때부터는 상당한 수의 인물들을 등장시켜 사회의 여러 계층을 폭넓게 조명하는 데 주안점을 둔 작품들을 발표했다.이른바 파노라마적 사회소설로 접근해간 것이다. 특유의 유머가 사라지고, 개인의 힘으로는 어쩔 수 없는 사회의 벽을 실감하면서 느끼게 되는 무기력이 그의 소설 전반에 걸쳐 나타나게 된 것도 바로 이때부터였다. 사회가 그를 어두운 성격의 사람으로 만들고, 더불어 그의 작품까지 어둡게 했지만 창작에 대한 그의 열정은 식지 않았다. 오히려 글을 쓰도록 부추겼다. 공장 직공의 파업을 다룬 《고된 시기》와 프랑스혁명을 소재로 한 역사소설 《두 도시 이야기》, 그리고 자전적 소설 《위대한 유산》 외에도 수많은 단편과 수필을 발표하면서 작가로서 이름을 떨쳤다. 또 잡지사를 경영했고, 자선사업에 참여했으며, 연극이나 공개 낭독회를 개최하는 등 정력적으로 활동했다. 그 결과 그는 '영국과도 바꾸지 않는다'는 셰익스피어와 대등한 인기를 누리는 세계적인 작가가 되었다.

생각 노트

디킨스는 평생 학교라고는 4년밖에 다니지 않았지만 세계적인 작가가 되었습니다. 그는 공부는 할 수 없었지만 졸린 눈을 비벼가면서도 글 쓰는 것을 멈추지 않았습니다. 많은 출판사로부터 퇴짜와 조롱을 받았지만 글쓰기를 포기하지 않았습니다. 그런 정열과 도전 정신이 그를 세계적인 작가로 만든 것입니다. 글은 학력이 아닌 노력으로 쓰는 것이라는 사실을 증명해보였습니다.

'젊어서 고생은 사서도 한다.'라는 속담이 있습니다. 디킨스의 어린 시절은 그야말로 가난과 고난의 연속이었습니다. 학교 대신 공장을 다녀야 했고, 배고픔을 견뎌야 했습니다. 보통은 그런 고통의 기억들을 잊고 싶어합니다. 하지만 디킨스는 달랐습니다. 자신이 살아온 고단한 시절을 그냥 잊어버리려 한 것이 아니라 글 쓰는 재료로 활용했습니다. 지금의 갑갑하고 고통스러운 현실이 성공적인 미래의 자양분이 될 수 있다는 것을 실증적으로 보여준 것입니다..

러시아

　문학의

거봉

. . .

래프N.
톨스토이

Lev Nikolaevich Tolstoi 1828~1910

러시아 작가, 사상가, 문명비평가.
주요 작품 : 《부활Voskresenie》《안나 카레니나Anna Karenina》
　　　　　《전쟁과 평화Voina i mir》

작가의 길에 들어서다

✦

톨스토이의 고향은 남부 러시아 야스나야 폴랴냐이다. 그는 그곳에서 부유한 명문 백작가의 넷째 아들로 태어났다. 무엇 하나 부족함이 없는 축복받은 탄생이었다. 그러나 불행이 그를 찾아왔다. 2세 때 어머니를 잃은 것이다. 그리고 모스크바로 이주한 8세 때는 아버지마저 잃고 말았다. 어린 톨스토이는 친척집에 맡겨졌고, 전과는 달리 불행한 시절을 보내야 했다.

성장해서는 카잔대학에 입학했다. 하지만 공부는 더 이상 그에게 기쁨을 주지 못했다. 그는 중퇴를 하고 고향으로 돌아가 부모가 남겨준 토지의 지주로서 농민들의 생활을 개선시키는 데 노력했다. 하지만 공부만 했던 그가 농사에 대해서나 농민에 대해서 아는 게 있을 리가 없었다.

피나는 노력에도 불구하고 그가 벌이는 일은 모두 실패했다. 큰 충격을 받은 그는 나쁜 친구들과 어울려 방탕한 시절을 보냈다. 그때는 새로운 세상이 그를 향해 손짓하고 있다는 것을 그는 몰랐다.

1852년, 형의 권유로 카프카즈 군대에 들어간 그는 그곳에서 창작을 시작했다. 그리고 마침내 처녀작 《유년시대》를 완성시켰다. 익명으로 발표한 이 소설은 네크라소프로부터 격찬을 받기도 했다. 또 1854년에는 《소년시대》와 《세바스토폴 이야기》를 발표하여 청년작가로서의 지위를 확고히 했다.

신의 품에 안기다

✛

1857년, 군대에서 제대한 톨스토이는 서유럽으로 여행을 떠났다. 화려한 서구의 문명을 살펴보기 위해서였지만 기대에 못 미쳐 실망만 안고 돌아온 그는 인간사회에서 조화를 추구하던 진취적인 성향을 버리고 내적 성숙을 추구하는 조용한 사람으로 변했다.

그는 집필을 계속했다. 그리하여 나폴레옹이 모스크바를 침공했던 시절의 러시아 사회를 그린 불후의 명작 《전쟁과 평화》와 《안나 카레니나》를 연이어 발표해서 작가로서 큰 명성을 얻었다. 그러나 그는 죽음에 대한 공포, 삶의 무상이란 허무감 때문에 몹시 혼란스러웠다.

과학과 철학, 예술 등에서 그 해법을 구하려 했지만 답을 얻지 못하고 결국 종교에 의탁했다. 그리고 《교의신학 비판》, 《요약 복음서》, 《참회록》, 《교회와 국가》, 《나의 신앙》 등의 작품을 쓰면서 그동안 혼란스러웠던 자신의 사상을 체계화했다. '톨스토이주의'가 바로 그것이다.

그의 사상은 타락한 그리스도교를 배제하고 사해동포 관념에 투철한 원시 그리스도교로 복귀하자는 것이 골자였다. 근로, 채식, 금주, 금연을 표방하고, 간소한 생활을 영위하며, 악에 대한 무저항주의와 자기완성을 신조로 삼아야 한다는 것이었다. 또 사랑의 정신으로 전 세계의 복지에 기여하자고 주장했는데, 그의 이런 사상은 1885년에는 급기야 사유재산에 대한 부정으로 이어졌다. 이 일로 부인과 크게 충돌했고, 그로 인해 모든 경제권과 저작권을 아내에게 빼앗기고 말았다.

그 후로도 톨스토이는 많은 작품을 썼다. 그의 작품은 많은 작가에게 영향을 주었고, 지금도 세계에서 가장 많은 독자를 가지고 있다.

그의 사상을 잘 보여준 소설 《부활》을 비롯하여 《신부神父 세르게이》, 희곡 《산 송장》, 단편 《무도회의 뒤》, 《병 속의 아료샤》, 논문 《종교와 도덕》, 《톨스토이주의에 대하여》, 《현대의 노예제도》, 《자기완성의 의의》, 《유일한 수단》, 《세 가지 의

문》,《셰익스피어론》,《유년시대의 추억》,《러시아 혁명의 의의》,《마을의 노래》, 그리고 최후의 대작《인생의 길》등이 그가 우리에게 선물한 위대한 작품들이다.

톨스토이주의의 창시자

✤

톨스토이는 도스토예프스키와 함께 19세기 러시아 문학의 대가이자 세계적인 대문호다. 하지만 그도 보통 인간이어서 죽음을 두려워했고, 종교적으로도 혼란을 겪었다. 또 신념으로 인해 부인과 갈등도 겪었다. 그의 결혼생활은 한마디로 불행 그 자체였다. 그러한 가정의 불행을 딛고 '톨스토이주의'의 창시자이자 실천자로서 자신의 주장을 펼쳤다. 착취에 기초를 둔 일체의 국가적, 교회적, 사회적, 경제적 질서를 비판하고 동시에 그 부정을 폭로했으며, 지상에 '신국神國'을 건설하기 위해서는 인간의 도덕적 갱생이 필요하다고 주장했고, 폭력을 부정함으로써 악에 대항했다. 또 기독교적 인간애와 자기완성을 주창하였다. 한마디로 그는 불세출의 작가이자 철저한 자기완성을 추구한 종교인이었으며, 위대한 사상가였다.

생각 노트

　　톨스토이의 생애가 빛나는 것은 불후의 명작을 남겼기 때문이고, 그런 명작을 남길 수 있었던 것은 악에 대항하고 인간과 자연과 조국을 사랑했기 때문에 가능했습니다.　그는 '톨스토이주의'를 창시한 공로로 사상가로도 높이 평가됩니다. 그러나 사상을 만들었다고 해서 위대한 것이 아니라 온갖 어려움 속에서도 그 사상을 실천했기 때문입니다. 실천하지 않는 사상가는 사람들을 감동시킬 수 없습니다.

톨스토이는 부유한 귀족 출신이었지만 청빈한 삶을 살았습니다. 언제나 가난한 이들의 친구로서 자신을 낮췄고, 그들의 고단한 삶을 애달파했습니다. 그래서 사람들은 자신을 진정으로 사랑해주는 그를 사랑했던 것입니다.

사람들은 조금 있다고 해서 거들먹거리며 군림하려는 사람도, 웃는 얼굴로 마음에 없는 소리를 하는 사람도 좋아하지 않습니다. 사람의 마음을 움직이는 것은 진실이고, 진심입니다.

동방의

　등불을

노래하다

. . .

라빈드라나드
타고르

Rabndranth Tagore 1861~1941

노벨 문학상을 수상한 인도의 시성, 극작가, 사상가.
주요 작품 : 시집 《기탄잘리 Gtjal》《원정 The Gardener》

자연이 준 시상

✦

타고르는 인도의 콜카타의 한 부유한 집안에서 열네 번째 아들로 태어났다. 귀족이자 종교사상가였던 아버지 덕분에 어린 시절부터 인도 고유의 종교와 문학적 소양, 진보적인 사상을 익혔다. 그러다가 영국으로 유학을 떠난 건 그의 나이 17세 때였다. 하지만 제도권 교육에 염증을 느낀 그는 1년도 채 안 돼 귀국해버렸다.

그는 인도의 대자연과 전통을 사랑했다. 그리고 사색을 통해 삶의 원천을 찾아내려 했다. 탁월한 감성의 소유자였던 그는 책읽기와 사색하기를 좋아했다. 그런 그에게 인도의 원시적 자연은 감성과 사색을 키워주는 원천이었다. 14세 때부터 시를 썼는데, 바로 이런 감성과 사색이 그것을 가능하게 한 것이다.

타고르의 시는 매우 서정적이고, 깊이가 있었다. 그의 철학 속에 시가 있었고, 시 속에 철학이 담겨 있었다. 시인이자 사상가였던 그였기에 가능한 일이었다. 특히 그는 언어의 감각이 뛰어났다. 뱅골어를 아름답게 구사하는 것으로 그를 따라갈 사람이 없을 정도였다.

열정, 그리고 삶

✢

커다란 키, 반듯한 외모, 풍부한 식견, 펜과 책을 손에서 놓지 않는 공부에의 열정, 고요와 사색을 즐기는 명상가적 기질……. 타고르는 동적이면서도 정적인 사람이었다. 반면 매사에 적극적이고 능동적이기도 했다. 자신의 문제를 타인에게 떠맡기거나 방치하는 일 따위는 결코 하지 않았다. 그래서였을까? 늘 한곳에 안주하지 않고 열두 번이나 세계 여행을 했다. 일본에도 세 번이나 갔다.

타고르는 열정이 넘치는 사람이었다. 70이 넘은 나이에도 그림을 그렸는데 그렇게 그린 그림이 무려 2천여 점이나 되었다. 물론 시도 많이 써서 무려 1천여 편이나 됐다. 그 외에도 작곡, 소설, 희곡도 많이 남겼다.

강연에도 열정적이었다. 세계 여행을 하는 동안 많은 강연회를 열었는데 그때 토마스만, 아인슈타인, 베르그송, 이츠 같은 세계적으로 유명한 사람들을 만나 친분을 쌓았다. 강연회 주제는 주로 동서 문화에 대한 비평이었고, 인도의 사상을 알리기도 했다. 이로써 동양, 그리고 조국 인도에 대한 그의 사랑의 크기를 가늠해볼 수 있는 증거라 할 수 있다.

타고르는 교육 사업에도 열정적이었다. 그래서 샨티니케탄 (평화학당)을 세우고 고대 인도 바라몬교에서 하던 전통적인 방식으로 교육했다. 나무 그늘을 교실 삼고, 자유롭게 토론하면서 자연 속에서 진리를 찾았다. 이에 멈추지 않고 인도의 전통적인 교육방법을 더욱 확대시키기 위해 학당을 국제적인 규모의 비스바바라티대학으로 발전시켰는데, 그때 그의 나이 61세였다. 규모가 백만 평에 이르는 이 대학을 완성시키는 데 무려 20년이나 걸렸다.

타고르는 열정을 아낌없이 쏟아내고 80세 때 삶을 마감했다. 그는 인도를 대표하는 지식인으로, 위대한 시인으로, 열정을 불태우는 화가로, 인도를 사랑한 사상가로, 그리고 인도 교육의 아버지로 이름을 남겼다.

세계가 인정한 인도의 문학

타고르의 문학적 원천은 인도의 때 묻지 않은 대자연이었다. 자연은 그의 문학의 숨결이었고, 사상의 강이었다. 자연을 매우 아끼고 사랑했던 그가 자연을 보호하자고 주장한 것은 너무나 당연한 일이었다.

타고르는 단순한 시인이 아니었다. 동서 문화를 아우르는 폭넓은 식견을 지닌 지식인이었고 사상가였을 뿐만 아니라 고대 인도의 종교인 바라몬교에도 깊은 지식을 가지고 있었다. 바로 그런 것들이 시를 쓰고, 희곡을 쓰는 데 많은 영향을 주었다. 타고난 것이 아니라 열정적으로 탐구하고 연구한 덕분에 얻어낸 성과들이 그를 위대한 문학가로 만든 것이다.

타고르는 시집 《기탄잘리》로 1913년, 아시아에서는 처음으로 노벨문학상을 수상했다.

그는 모국어뿐 아니라 영어에도 능통했다. 그래서 벵골어로 쓴 작품 중 50여 편을 골라 영어로 번역하기도 했다. 그 일은 그를 세계적인 시인으로 발돋움하게 해줬다. 아무리 뛰어난 작품이라도 읽을 수 없다면 아무 소용없다는 걸 알고 번역 작업을 했던 것이다. 동양의 찬란한 문화를 서구 사회에 알려줘야 한다는 사명감 때문이기도 했다.

우리나라를 일러 '동방의 등불'이라고 노래했던 타고르는 지금도 인도에서 가장 성공적인 삶을 산 인물로 기억되고 있다.

생각 노트

　　자연은 인간에게 많은 말을 합니다. 꽃은 인간의 삶을 성찰하게 하고, 계절의 변화는 우주의 이치를 깨닫게 합니다. 또 동물들은 인간의 모습을 돌이켜 보게 합니다. 타고르는 그런 자연이 던져주는 멧시지를 들었습니다. 그래서 자연주의 시인이자 사상가로 우뚝 설 수 있었던 것입니다.

타고르가 중요하게 생각했던 것은 인도의 전통과 민족이었습니다. 전통을 계승하는 것이 민족을 발전시키는 것이라고 생각한 것입니다. 서구의 것이라면 무분별하게 받아들이는 우리하고는 다른 모습이었습니다.

타고르는 전통과 현대를 조화롭게 자기의 사상에 접목시켰습니다. 또 독립운동에도 힘을 쏟았고 미래를 위해 교육에도 헌신했습니다.

미국을

대표하는

최고의 작가

. . .

어니스트M. 헤밍웨이

Ernest Miller Hemingway (1898~1961)

노벨 문학상을 수상한 미국의 대작가.
주요 작품 : 《노인과 바다The Old Man and the Sea》《누구를 위하여 종은 울리나For
Whom the Bell Tolls》《무기여 잘 있거라A Farewell to Arms》

경험을
대작으로
탄생시키다

헤밍웨이는 미국 일리노이즈 시카고 교외의 오크파크에서 낚시를 좋아하는 의사 아버지와 미술과 음악에 관심이 많은 어머니 사이에서 태어났다. 어린시절을 그곳에서 보낸 그는 훗날 자기 인생과 문학에 끼칠 미묘한 영향들을 많이 받았다. 공립학교에서 교육을 받은 그는 고등학교 때 단편소설을 발표했는데, 세간의 높은 주목을 받았다.

1917년, 고등학교를 졸업한 그는 대학에 가는 대신 캔자스 시티로 가서 당시 영향력이 컸던 신문, 《스타Star》지의 기자가 됐다. 그러나 이듬해 군에 입대해서 제1차 세계대전에 참전했다. 원래 눈에 결함이 있어서 군 입대를 거절당했지만 가까스로 미국 적십자 야전병원의 구급차 운전병으로 근무했다.

그런데 이탈리아 전투에 참여하여 용감하게 싸우다가 다리에 부상을 입은 그는 밀라노의 적십자병원에 입원했다. 그리고 그곳 간호사 아그네스폰 쿠로프스키를 사랑했으나 그녀로부터 결혼을 거절당하는 뼈아픈 경험을 했다. 그 경험은 훗날《무기여 잘 있거라》라는 작품으로 탄생하게 된다.

이처럼 그는 자신의 경험을 바탕으로 글을 썼다. 신문기자로서 일한 덕분에 사물을 정확하게 바라보는 눈을 가지고 있었던 것도 이런 경험적인 작품을 쓰는 데 큰 도움이 되었다. 어머니의 영향으로 갖게 된 예술적 감성과 기자로서 일하면서 얻게 된 분석적이고 냉철한 시각이 그를 대문호로 만들었던 것이다.

많은 작가를 만나다

1919년에 휴전과 함께 귀국했고, 건강이 회복된 후 헤들리 리처드슨이라는 여인과 결혼, 가정을 꾸렸다.

그 후《토론토 스타Toronto Star》지의 특파원이 되어 다시 유럽으로 가서 각지를 여행하며 작가로써 필요한 많은 경험을 쌓았다. 또 당시 그리스와 터키 간에 있었던 전쟁을 취재하기도 했다.

그는 그곳에서 운명적인 만남을 갖게 된다. 피츠제널드, 거트루드 스타인, 에즈라 파운드와 같은 미국 작가들과 친분을 맺게 된 것이다. 파리에서 만난 그들은 헤밍웨이에게 작가로서 충고와 격려를 아끼지 않았다. 그들과의 만남은 헤밍웨이로 하여금 저널리스트가 아닌 문학가로서의 길을 걷게 만들었다. 운명이 바뀐 것이다. 그때 탄생된 것이 1925년, 뉴욕에서 출판된 단편집 《우리들의 시대에In Our Time》이다. 이듬해에는 장편 《해는 또 다시 떠오른다The Sun Also Rises》를 발표해서 확실한 성공을 거뒀다. 파리와 스페인을 배경으로 한 이 작품은 찰나적이고 향락적인 남녀들을 주인공으로 내세워 전후시대의 풍속도를 적나라하게 묘사해서 세간의 주목을 받았다. 이 작품으로 그는 장래가 촉망되는 작가 대열에 합류했다.

전쟁 속에서 인생을 배우다

그는 첫 번째 부인과 이혼한 뒤 폴린 파이퍼와 재혼했다. 그리고 파리에서 살면서 낚시, 사냥, 스키, 투우와 여행을 즐기며 소설의 자양분이 될 경험들을 쌓았다. 훗날 그의 소설은 거의가 이때의 경험을 바탕으로 탄생된 것이다.

1927년에는 《부인 없는 남자들》과 《승자는 아무것도 얻지 못한다》를 발표하면서 단편소설의 대가로서 명성을 얻었다. 이어서 발표한 장편소설 《무기여 잘 있거라》 역시 비평가들의 찬사를 받았다.

특히 헤밍웨이는 스페인을 네 차례나 방문했을 정도로 좋아했는데, 희곡 《제5열The Fifth Column》은 스페인에 있을 때 쓴 작품이라고 한다. 그 외에도 스페인을 배경으로 한 작품이 많다. 장편소설 《누구를 위하여 종은 울리나》도 그 중에 하나다. 이상하게도 스페인에서의 경험을 바탕으로 쓴 소설은 발표와 함께 많은 인기를 끌었다. 그의 작품들 중 가장 많은 부수가 판매되었던 것이다.

그즈음 그가 스페인에 머물면서 작품을 쓰는 것 말고 한 일이 또 있다. 세 번째로 결혼을 한 것이다. 새 아내는 작가 겸 저널리스트인 마르타 겔호른이었다.

세계는 다시 전쟁의 화염으로 뒤덮였다. 제2차 세계대전이 일어난 것이다. 그는 안락한 생활을 버리고 이번에는 종군기자로 전장을 누볐다. 1차대전도 그랬지만 2차대전 역시 그에게 많은 경험을 하게 해줬다. 실제로 그의 생애와 전쟁은 불가분의 관계라고 해도 과언이 아니다. 전쟁터에서의 경험이 그가 작품을 쓰는 데 소재가 되었을 뿐 아니라 인생을 통찰하게 해줬던 것이다.

유럽에서 전쟁이 끝나자 그는 쿠바에 정착했다. 그리고 런던에서 만나 친분을 맺은 통신원 메리 웰시와 네 번째 결혼을 했다. 1952년에 발표한 《노인과 바다》는 쿠바에서의 경험을 바탕으로 창작한 장편소설인데, 발표되자마자 열광적인 찬사를 받았다. 더불어 퓰리처상과 노벨문학상을 받으며 세계 문단사에 그의 이름을 아로새겨 넣는 계기가 되었다.

헤밍웨이는 완전히 상반된 두 성격을 가진 사람이었다. 재치 있고 쾌활한가 하면 이기적이고 자기중심적이었다. 또 삶을 사랑하면서도 죽음에 대한 강박관념에 사로잡혀 있었다. 타고난 스포츠맨이면서 또 지독한 독서광이었다. 술을 많이 마시고도 아침 일찍 일어났으며, 관습에 얽매이지 않으면서 복잡한 생활을 했다.

그는 1961년의 어느 날, 엽총 사고로 죽음을 맞았다. 지금 우리는 불안과 우울증에 시달리던 그가 자살한 것이라고 추측할 따름이다.

그가 떠난 지도 벌써 50년이 되어간다. 그는 갔지만 그의 작품은 그가 살아 있던 시절보다도 더 많은 독자들에게 사랑을 받고 있다.

THE OLD MAN
AND THE SEA

THE OLD MAN AND THE SEA
ERNEST HEMINGWAY

IE OLD MAN AND THE SEA
ERNEST HEMINGWAY

생각 노트

헤밍웨이는 전쟁터를 누비며 전쟁이 인간에게 미치는 악영향을 몸소 경험했고, 그것을 작품으로 썼습니다. 실제로 있었던 일을 적품화한 것입니다. 그런 까닭에 그의 글은 독자들로 하여금 현실과 동일시하는 착각을 일으키게 했습니다. 그래서 더욱 더 큰 감동을 줍니다.

사색과 경험은 글을 쓰는 데 있어 매우 중요한 요소입니다. 헤밍웨이는 《노인과 바다》를 통해서 이를 확인시켜줬습니다. 그는 많은 곳을 여행했습니다. 경험을 위해서라면 전쟁터도 두려워하지 않았습니다. 그런 열정이 그를 노벨 문학상을 수상하는 작가로 만들었던 것입니다.

모든 성공 뒤엔 치열한 열정과 도전정신이 있습니다. 헤밍웨이 역시 치열한 열정과 도전정신으로 자신만의 문학을 완성시켰습니다.

성공하고 싶다면 자신이 가장 잘하는 일에 과감히 도전하십시오. 열정과 도전은 산을 깎아 바다가 되게 합니다.

장애를

극복한

천재

. . .

스티븐W.호킹

Stephen William Hawking 1942~

영국의 우주 물리학자.
대표 이론 : '특이점特異點 정리', '블랙홀 증발', '양자 우주론'
주요 저서 : 《시간의 역사A Briefer History of Time》

밤하늘을 보며 꿈을 꾸다

✦

세계 최고의 우주물리학자인 스티븐 호킹은 1942년 영국 옥스퍼드에서 태어났다. 그는 공부를 잘하는 아주 똑똑한 소년이었다. 책을 탐독하는 데 많은 시간을 투자했고, 친구들과 어울려 놀기보다는 혼자서 무언가 관찰하는 것을 더 좋아했다. 식탁에 앉아서도 책을 보느라 부모님께 꾸중을 들은 것이 한두 번이 아니었다. 그만큼 공부하는 게 즐거웠던 것이다. 몰랐던 것을 알게 되는 것은 그에게 큰 희열이었다.

어린 시절 그는 궁금한 일이 있으면 그냥 넘어가는 일이 없었다. 그것을 알기 위해 많은 질문을 스스로에게 던졌고, 책을 읽었으며, 깊은 통찰력과 날카로운 직관력으로 자신만의 가설을 세웠다.

과학이란 어떤 일에 대한 원인과 과정, 그리고 결과를 논리적이고도 체계적으로 분석·연결하는 학문이다. 그런 점에 있어 그는 매우 탁월한 재능을 가지고 있었다.

또 밤하늘을 바라보는 것을 좋아했다. 무수한 별들이 너무나 신비롭게 느껴졌기 때문이었다. 과학자가 되기로 마음먹은 호킹은 17세에 주위의 기대대로 영국 최고의 학교인 옥스퍼드 대학에 입학했다. 그리고 1962년 졸업하자 이번에는 케임브리지대학원에 입학해 물리학을 전공했다.

그런데 뜻하지 않는 불행이 그를 찾아왔다. 박사학위를 준비할 때 갑자기 몸에 이상한 증세가 나나타기 시작한 것이다. 눈이 많이 내리던 어느 겨울 날, 길에서 미끄러진 호킹은 다리에 힘이 빠져 꼼짝도 할 수 없었다.

진단 결과는 참혹했다. 몸속의 운동신경이 차례로 파괴되어 전신이 뒤틀리다가 끝내는 죽고 만다는 근위축성 측식경화증, 즉 루게릭병에 걸렸던 것이다. 의사는 그에게 2년밖에 살지 못할 것이라는 시한부 사형 선고를 내렸다.

불굴의 의지로 새로운 인생을 살다

시한부 인생을 선고받으면 대개의 사람들은 절망하게 된다. 그래서 하루하루 다가오는 죽음의 그림자에 쫓기면서 눈물로 시간을 보내기 마련이다. 그러나 호킹은 달랐다. 죽음을 두려

위해 숨어버리기보다는 추구하던 목표를 향해 여전히 앞으로 나아갔다.

몸은 의사가 예견한 대로 날이 갈수록 굳어졌다. 이제는 혼자서는 일어설 수도, 혼자 앉을 수도 없었다. 하지만 그럴수록 호킹은 놀라운 집중력으로 우주물리학에 전념했다.

절망은 삶을 어둠으로 몰아넣지만 희망은 죽음마저도 물리친다. 그가 그랬다. 2년밖에 살지 못한다는 선고가 무색할 정도로 그는 삶을 이어갔다. 그의 의지 앞에서는 오히려 죽음을 몰고 달려오던 병마가 두려움을 느끼는 것 같았다.

그렇게 병마에 시달리면서도 세상을 뒤흔드는 놀라운 이론을 발표했다. 즉 '블랙홀은 검은 것이 아니라 빛보다 빠른 속도의 입자를 방출하여 뜨거운 물체처럼 빛을 발한다.'는 주장이었다. 그리고 '블랙홀이 사라지게 되면 그것이 빨아들였던 모든 정보도 함께 사라질 것이다.'고 주장해 기존의 물리 법칙을 뒤집었다. 이는 세계 과학계에 대단한 반향을 불러일으켰고, 그는 세계적인 과학자로 주목을 받기 시작했다. 그 업적으로 1974년 '런던왕립학회' 회원이 되었고, 1980년엔 학자로서는 최고직인 케임브리지대학 루카시언 석좌교수가 되었다. 뉴턴, 디랙에 이어 세 번째로 명예를 얻은 것이다.

그러나 안타깝게도 1985년, 폐렴으로 기관지 절개수술을 받았다. 이제 더 이상 스스로의 힘으로는 호흡할 수도, 말을 할 수도 없게 된 것이다. 가슴에 꽂은 파이프를 통해 호흡을 하고, 휠체어에 부착된 고성능 음성합성기를 통해야만 의사를 전달할 수 있었다. 하지만 그 시련도 그를 좌절하게 만들지는 못했다. 그는 처음 루게릭병에 걸렸다는 것을 알았을 때처럼 묵묵히 연구에만 매달렸다. 무서운 병마도 그를 어둠 속으로 끌고 가지는 못했다.

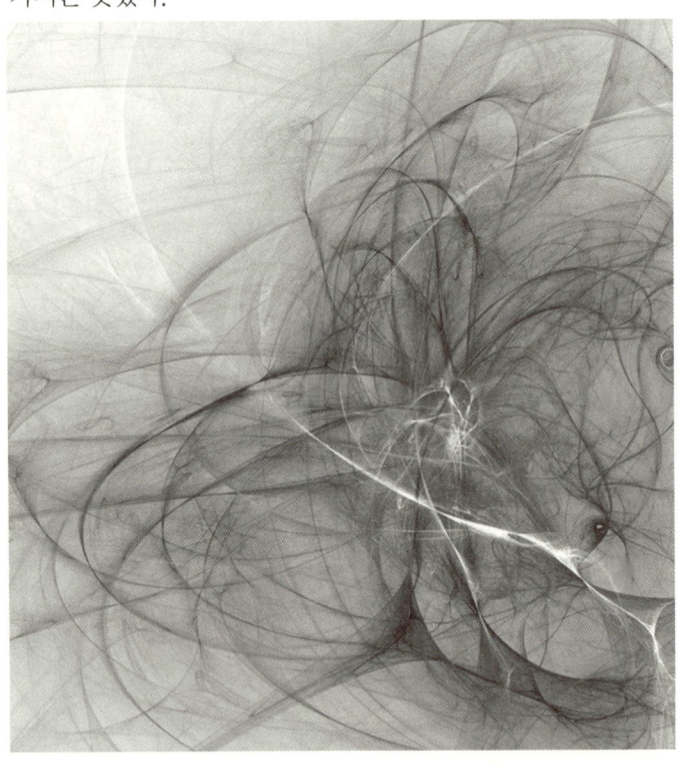

이론은
언제나 발전한다

✦

호킹의 블랙홀 이론은 발표된 이후 30년 동안이나 진리로 여겨졌다. 그런데 '블랙홀이 소멸해도 정보는 남는다.'는 서스킨드의 '홀로그램 이론'이 등장하면서 점차 퇴색하기에 이르렀다.

학자들은 보통 자신의 이론이 최고라도 고집한다. 타협하려 하지도 않고, 물러나지도 않는다. 그런데 호킹은 달랐다.

2004년, 더블린에서 열린 학회에서 '블랙홀이 사라져도 결국 정보는 남게 된다.'는 선언을 하며 자신의 이론을 스스로 철회한 것이다. 그런 그의 결단은 과학자로서는 대단한 용기였다. 학자의 진정성이 무엇인지를 보여준 표본이라고 할 수 있다.

그는 과학자로서의 신념을 잃지 않고 진실을 규명하는 노력을 계속하고 있다. 비록 눈꺼풀과 세 손가락을 제외하고는 아무것도 마음대로 움직일 수 없지만 여전히 연구를 계속하고 있는 것이다.

그의 삶은 인간의 한계를 초월한 절대적 삶, 진실의 표상이라고 해도 전혀 손색이 없다.

　그는 놀라운 연구 성과와 더불어 삶을 치열하게 사는 아름다운 사람으로 오래도록 기억될 것이다.

생각 노트

호킹은 자신만 옳다고 우기는 꽉 막힌 학자가 아니었습니다. 그래서 자신의 학설을 스스로 철회하는 용기를 보여줄 수 있었습니다.

사람은 남보다 뛰어날 때 찬사를 받습니다. 하지만 진정한 찬사는 남이 아닌 스스로를 뛰어넘을 때 자연스럽게 받을 수 있습니다. 잘못된 것을 알면서도 자존심 때문에 굽히지 않는 것은 진정한 자존심이 아닙니다. 잘못을 인정해야 그것을 고칠 수 있습니다.

스티븐 호킹은 온몸이 돌처럼 굳는 루게릭병 환자였습니다. 걸을 수도 없고, 숨조차 스스로 쉴 수 없었습니다. 그래서 휠체어와 온갖 기계장치로 어렵게 삶을 이어나가고 있습니다. 그러나 그는 우울해하거나 좌절하지 않았습니다. 세계 최고의 우주물리학자가 되겠다는 꿈을 향해 앞으로만 나아가고 있습니다. 자신을 엄습해오는 죽은 따윈 돌아보지도 않은 채 말입니다. 세상에 인간의 의지만큼 강한 것은 없습니다. 그리고 그 의지가 기적을 만듭니다. 그의 강한 의지와 신념 앞에서는 죽음도 비껴간다는 것을 우리에게 알려줬습니다. 그는 인생을 온몸으로 뜨겁게 살아왔고 지금도 그렇게 살고 있습니다.

예술은
인생보다
길다

영원한

　음악의

성자

...

루드비히반
베토벤

Ludwig van Beethoven 1770~1827

음악의 악성, 고전파 음악의 완성자, 낭만파 음악의 창시자.
주요 작품 : 〈운명〉, 〈전원〉, 〈합창〉, 〈장엄미사곡〉

타고난 천재,
만들어진 천재

베토벤은 음악가 집안에서 태어났다. 아버지인 요한은 물론이고 할아버지 루드비히까지 모두 음악가였다. 그에게 음악적인 재능이 있다는 것을 제일 먼저 발견한 사람 역시 그의 아버지였다. 부모들은 대개 자신의 아이가 다른 집 아이들보다 좀 더 특별하기를 원한다. 베토벤의 아버지도 다르지 않았다. 아들의 재능을 확신한 아버지는 베토벤을 사람들에게 하루라도 빨리 내놓고 싶어 했다. 그래서 4세밖에 안 된 어린 아들을 피아노 앞에 앉히고, 가혹하다 싶을 정도로 연습을 시켰다. 만약 조금이라도 싫증을 내는 기색이 보이면 가차없이 야단을 쳤다. 때문에 베토벤은 한창 재롱을 피우고 어리광을 부릴 나이에 하루 종일 피아노 앞에서 연습을 해야 했다. 어른도 견디기 힘든 인내를 배워야만 했던 것이다.

베토벤이 7세가 되자 그의 아버지는 기다렸다는 듯 피아노 연주회를 열었다. 결과는 대성공이었다. 베토벤은 7세라는 나이가 믿기지 않을 정도로 연주를 훌륭하게 해냈고, 연주회를 본 모든 사람들로부터 열렬한 박수갈채를 받았다.

미래를 향해
나아가다

✢

훌륭한 예술가가 되기 위해서는 그 분야에 남다른 재능을 가진 것 말고도 중요한 것이 있다. 바로 정신적으로, 정서적으로 안정되어야 한다는 것이다.

대개의 예술가들은 감정의 기복이 심하다. 그런 감정이 예술적 영감을 주는 것 또한 사실이다. 그러나 감정적으로 불안하다면 영감은 얻을지언정 작품으로 승화시킬 수는 없다. 그런 의미에서 베토벤에게 크리스찬 고트로프 네페란 스승이 있었다는 것은 진정 행운이었다. 그에게서 베토벤은 음악뿐만 아니라 정신적, 정서적으로 큰 영향을 받았다.

1782년, 베토벤은 궁정예배당 오르간 연주자로 첫 출발을 했다. 그리고 2년 후 정식 단원이 되었고, 그토록 존경하던 모차르트를 만났다. 그러나 그는 모든 것과 이별을 하고 고향의 집으로 돌아가야 했다. 어머니의 사망으로 가족의 생계를 책임져야 했기 때문이었다.

그러나 그에게 다시 기회가 왔다. 그의 재능을 아꼈던 바르트슈타인 백작을 비롯한 많은 사람들이 그를 후원해준 것이다.

그들의 도움으로 베토벤은 빈으로 유학을 갔다. 그리고 그곳 귀족들로부터역시 지원을 받았다. 또 하이든, 살리에리 등에게 사사를 받으며 음악가로서의 지식과 능력을 키워나갔다.

베토벤이 피아노 연주자로 정식 데뷔한 것은 1795년이었다. 이 시기에 〈피아노 3중주곡〉을 발표하여 많은 이들의 찬사를 받았다. 그후에는 여러 곳으로 여행을 다녔다. 1796년에는 프라하, 드레스덴, 베를린을 여행했는데, 그로부터 얼마 후 〈제1 교향곡〉과 여섯 곡의 현악 4중주를 발표했다.

불행을딛고 일어서다

연주자에게 귀는 곧 생명이다. 연주하는 데 아무것도 들리지 않는다고 가정해보라. 독주도 그렇지만 합주는 거의 불가능하다고 해야 할 것이다. 그런데 베토벤은 그 점에서 불행한 사람이었다. 귓병을 앓기 시작하더니 급기야 커다란 진동 말고는 아무것도 들을 수 없는 처지가 되고 만 것이다.

그는 절망했다. 급기야 유서를 쓴 후 잘나가던 연주자로서의 활동을 포기했다. 하지만 그는 진짜로 삶을 포기하지는 않았다. 그리고 연주자가 아닌 작곡자의 길을 택했다. 그는 집 밖으로 나가지도 않고 사람들도 만나지 않으면서 오직 작곡에만 매달렸다. 그리하여 〈제2교향곡〉, 오라토리오 〈감람산상의 그리스도〉, 제3교향곡 〈영웅〉을 탄생시켰다.

물론 그가 언제나 성공만 한 것은 아니었다. 1805년에 발표한 오페라 〈피델리오〉는 참담한 실패였다. 곡을 손질해서 다시 무대에 올렸지만 역시 실패였다. 그는 또 다시 손질했다. 그래서 1814년, 초연한 지 9년 만에 보란 듯이 대성공을 거뒀다. 유럽 각지에서 성공을 거두자 많은 귀족들이 후원을 해주었다. 안정된 생활 속에서 작곡에 전념할 수 있게 된 것이다.

황금시절

✤

베토벤은 교향곡과 서곡, 협주곡, 피아노 소나타, 바이올린 소나타, 실내악 등을 작곡하며 전성기를 보냈다. 제5교향곡 〈운명〉, 제6교향곡 〈전원〉, 피아노협주곡 제5번 〈황제〉, 〈장엄미사곡〉, 제9교향곡 〈합창〉 등이 작곡된 것도 바로 그 시기였다.

하지만 그즈음 어떤 소리도 들을 수 없어 글을 써서 의사표
현을 해야 했다. 그러면서 오직 머리와 가슴이 기억하고 있는
음과 미세하게 전해오는 진동으로 위대한 음악을 창조해낸
것이다.

베토벤의 음악에는 힘이 있다. 하이든과 모차르트가 고전적이라면 그의 음악은 한마디로 다이내믹하다. 그 힘은 불행과 역경을 이겨낸 의지의 다른 모습이었다. 성실했고, 신념이 깊었던 그는 그런 의지로 최고의 음악가가 되었던 것이다.

생각 노트

　　베토벤은 분명 천재였습니다. 그러나 7세라는 나이에 연주회를 연 것이나 훗날 위대한 작곡가가 될 수 있었던 것은 끝없는 노력의 결과였다는 것은 누구도 부인할 수 없습나다.

우리는 고난을 이기고, 자기를 이긴 사람을 성자라고 일컫습니다. 때문에 베토벤에게 음악의 성자, 즉 '악성'이라는 수식어를 붙여도 조금도 잘못이 아닙니다.

베토벤은 음악가에겐 생명과도 같은 청각을 잃었습니다. 하지만 포기하지 않았지요. 삶과 음악에 대한 열정으로 마음의 소리를 들을 수 있었습니다. 마음, 의지, 그리고 열정만큼 강한 것은 없습니다. 그것만 있다면 불가능한 것도 없습니다.

베토벤은 사람들을 사랑했습니다. 사람들의 행복한 모습에서 자신이 음악을 하는 이유를 찾아냈습니다. 명성과 부와 자신의 만족을 얻기 위해서가 아니라 단지 사람들이 행복하기를 원했던 것입니다. 베토벤이 위대한 이유는 바로 그렇게 사람을 사랑했고, 사람들을 행복하게 하고자 하는 따뜻한 마음이 있었기 때문입니다.

숙명적인

노래꾼

. . .

엔리코카루소

Enrico Caruso 1873~1921

이탈리아의 전설적인 테너 가수, 벨칸토 창법의 선두 주자.

가난은
약간의 시련일 뿐
전부는 아니다

✦

　　카루소는 이탈리아 나폴리의 가난한 집안에서 태어났
다. 가난은 그를 불편하게 했다. 먹을 것도 마음대로 못 먹고,
입을 것도 못 입고, 배우고 싶은 것도 배울 수 없었다. 친구들
이 모두 맛있는 저녁식사를 하는 동안 카루소는 주린 배를 움
켜쥐고 물을 마셔야 했고, 친구들이 모두 학교에 가서 공부하
는 동안 집안일을 거들어야 했다. 그는 등교하는 친구들을 바
라보며 가슴속으로 큰 슬픔을 삼켰다. 그런데 그런 그를 보며
더 슬퍼하는 사람이 있었다. 바로 그의 어머니였다.

　　카루소는 씩씩했다. 언제나 명랑해서 웃는 얼굴로 사람들을
대했다. 가난에 몸은 힘들었지만, 또 배울 수도 없었지만 반드
시 자기가 하고 싶은 일을 하겠다는 열망으로, 그리고 그 꿈을
이룬 자신을 상상하며 하루하루를 힘차게 살았다. 노래를 듣는
것도 무척 좋아했지만 부르는 것을 더 좋아했던 카루소의 꿈은
대중 앞에서 노래를 부르는 것이었다. 그러나 꿈을 이루기 위
해서는 돈이 필요했다. 노래 공부를 제대로 하는 데에는 많은

돈이 있어야 했던 것이다. 그래서 공장에 취직해 기계공으로 일을 하기 시작했다. 하루하루가 힘들고 고달팠지만 꿈을 이루려는 그는 그 정도의 고생은 얼마든지 참아낼 수 있었다.

꿈을 향해 도전하다

✤

카루소는 자신의 꿈을 키워줄 선생님을 찾아갔다. 선생님은 그에게 노래를 한번 불러보라고 했다. 카루소는 떨리는 마음을 진정시키고 최선을 다하여 평소에 갈고 닦은 노래를 불렀다. 노래를 마친 카루소는 긴장한 눈으로 선생님을 바라보았다. 선생님은 고개를 좌우로 흔들더니 천천히 입을 열었다.

"그런 목소리로는 좋은 가수가 될 수 없어. 아쉽지만 노래에 대한 꿈을 접고 다른 일을 찾아보는 게 좋겠다."

선생님의 평가는 냉정했다. 하지만 카루소는 노래에 대한 열정을 접지 않았다. 오히려 더욱 열심히 하는 계기로 삼았다.

카루소는 일을 하는 틈틈이 노래 연습을 했다. 그럴 때마다 누구보다 카루소를 사랑했던 어머니는 사랑스러운 눈으로 바라보았다. 그리고 아들이 마음껏 노래를 할 수 있도록 몸을 아끼지 않고 돈을 벌었고, 힘든 일을 마치고 와서는 아들의 노래를 들어주었으며, 칭찬을 아끼지 않았다. 어머니의 칭찬은 카루소에게 새로운 힘을 주었다.

아들과 어머니는 하나의 꿈을 위해 노력했고, 마침내 그 꿈은 이루어졌다. 미성을 인정받아 드디어 테너 가수로 무대에 서게 된 것이다.

내 노래를 사랑하는 사람이 있는 곳이 곧 나의 무대다

1894년, 카루소는 그토록 꿈에 그리던 무대에 올랐다. 그리고 그동안 가슴속에 품고 있었던 뜨거운 열망을 마음껏 쏟아냈다. 그의 목소리는 남자치고는 미성이었다. 그래서 그의 노래를 들은 사람들은 천상의 목소리를 듣는 것 같다면서 찬사를 아끼지 않았다.

공연이 거듭될수록 성악가로서의 입지는 탄탄해졌다. 몬테

카를로의 오페라극장과 런던의 코벤트 가든 왕립 오페라극장, 그리고 뉴욕의 메트로폴리탄 오페라극장도 그에게 열광하는 사람들의 환호성과 박수소리로 넘쳐흘렀다. 이로써 카루소는 가난한 기계공에서 멋지고 의욕 넘치는 테너 가수로의 화려한 변신에 성공한 것이다. 그 후 카루소는 최고의 영예를 누리며 메트로폴리탄 오페라극장에만 무려 607회나 출연하는 영광을 누렸다. 그의 정확한 기교는 많은 사람들을 감동시켰고, 벨칸토 창법을 정확하게 구사하는 그는 테너 중의 테너였다.

사람들이 그를 사랑한 데에는 노래 말고도 다른 이유가 있었다. 진솔한 삶의 태도를 가지고 있었기 때문이었다.

그는 자신의 노래를 듣기 원하는 사람이 있으면 그곳이 어디이든지, 관객의 숫자가 몇 명이든지 가리지 않고 달려갔다. 그의 친구들은 세계 최고의 테너가 아무데서나 노래하는 것은 품위 없는 행동이라고 질책했다. 그때마다 그는 이렇게 말했다.

"내 노래를 사랑하는 사람이 있는 곳이 곧 나의 무대다. 그리고 나는 그들을 위해 노래해야 한다. 그것은 나의 의무다."

이처럼 카루소는 프로 정신이 매우 투철한 사람이었다. 그가 지금도 많은 사람들에게 사랑과 존경을 받는 것은 바로 그 겸손함과 열정, 그리고 언제나 최선을 다하는 태도 때문이었다.

생각 노트

카루소는 힘든 공장 일을 마친 후에도 온 에너지를 쏟아내며 노래 연습을 했습니다. 가수의 꿈을 포기하라는 말을 듣고도 좌절은커녕 오히려 더욱 더 열심히. 바로 그런 성실한 자세와 꿈을 향해 나아가는 열정이 그를 세계적인 테너로 만들었던 것입니다.

의지와 신념은 그 사람을 변화시키는 가장 열정적인 에너지입니다.

카루소는 가난을 오히려 감사하게 생각했습니다. 가난했기에 꿈을 향해 열정적으로 달려 나갈 수 있었기 때문이었습니다.

지독한 가난은 사람을 고통스럽게 하고 힘들게 하는 게 사실입니다. 그러나 가난을 극복하고 일어서는 사람에게는 행복한 삶이 기다려준다는 것 또한 사실입니다.

카루소는 유쾌한 사람이었습니다. 가난했던 시절을 겪었지만 한번도 얼굴을 찌푸리지 않았습니다. 현실이 아무리 괴롭더라도 긍정적으로, 그리고 웃음으로 대한다면 그 고통의 무게는 훨씬 가벼워질 것입니다. 좌절해서 시간을 낭비할 만큼 인생은 길지 않습니다. 웃으세요. 그리고 앞으로 나아가십시오.

영혼으로

　부르는

사랑의 노래

. . .

안드레아 보첼리

Andrea Bocelli 1958~

이탈리아 출신의 테너 가수. 1994년 산레모 가요제 우승.
대표 노래 : 〈그대와 함께 떠나리 Time to Say Goodbye〉

행복과
불행의 교차

中

안드레아 보첼리의 고향은 이탈리아 농촌 지역인 토스카나이다. 그는 포도와 올리브를 재배하는 작은 농가에서 태어났다. 어린 보첼리의 음악적 재능은 금방 사람들의 눈에 띄었다. 그가 사는 마을은 음악 교육을 시키기에는 여러 가지 어려운 점이 많았는데도 그의 부모는 아들의 재능을 살려주고 싶어서 6세 때부터 피아노 레슨을 받게 했다.

보첼리는 고사리 같은 작은 손으로 열심히 피아노를 쳤다. 자신을 보며 뿌듯해하는 부모님의 모습은 보첼리의 마음에 음악에 대한 열정을 더욱 강하게 심어주었다. 그의 부모는 피아노 외에도 플루트와 색소폰도 가르쳤다.

보첼리는 어릴 때부터 유독 오페라 아리아에 많은 관심을 보였다. 오페라 가수가 노래를 부르면 어린 보첼리는 넋을 잃고 귀를 기울였다. 어린 나이였지만 노래를 듣고 있는 모습은 너무도 진지했다. 그런 아들의 모습을 바라보는 부모의 마음이 더 없이 흡족했던 것은 두말할 것도 없었다. 그런데 그토록 정겹고 행복한 그의 집에 불행한 일이 일어났다. 보첼리가 12세가 되었을 때 친구들과 축구를 하다가 그만 머리를 다치는 사고를 당한 것이다. 큰 사고는 아니었는데 며칠 뒤부터 서서히 시력을 잃기 시작했다. 뇌를 다쳤기 때문이었다. 그 일로 온 집안은 검은 구름에 휩싸여 암울하고 생기를 잃었다. 먼저 털고 일어난 것은 부모님이 아니라 앞을 보지 못하게 된 보첼리였다. 그동안 가난한 살림 속에서도 자신을 보살펴주셨던 부모님을 위해서라도 그대로 낙담하고만 있을 수 없었던 것이다.

대가가 알아본 재능

✤

보첼리는 앞이 보이지 않는 답답하고 힘든 생활을 의지 하나로 버텼다. 그리고 어린 나이임에도 자신에게 주어진 운명을 자연스럽게 받아들였다. 지혜롭게 새로운 삶을 선택하고 열심히 공부하기로 결심했다. 그는 피사대학에 진학해서 법률을 공부하여 법학박사 학위를 취득한 후 변호사가 되었다. 그후 여러 해 동안 법률가로서 안정적인 생활을 지속했다. 그러나 그의 가슴속에는 어릴 적 시력을 잃으면서 포기한 음악에 대한 미련이 꿈틀대고 있었다. 노래하는 가수를 볼 때마다 가슴이 고동쳤다. 더 이상 자신을 속일 수 없었다. 그래서 전설적인 테너, 프랑코 코렐리를 찾아가 그의 문하생이 되었다. 변호사 일을 그만뒀기 때문에 생활이 어려웠던 그는 교습비를 마련하기 위해 클럽과 레스토랑에서 피아노를 연주했다. 하지만 노래를 할 수 있다는 것만으로도 행복했다.

노력하는 자에게는 항상 기회가 찾아오는 법. 보첼리에게도 기회가 왔다. 1992년 이탈리아를 대표하는 팝스타 주케로와 함께 〈미세레레Miserere〉라는 노래를 부르게 된 것이다. 비록 데모 테이프(종이나 비닐로 만든 테이프)였지만 그의 이름을 알리는 계기가 되었다. 특히 그의 노래를 들은 루치아노 파바로티는 감탄을 하며 칭찬을 아끼지 않았다. 최고의 테너답게 그의 노래 실력을 단숨에 알아본 것이다. 주케로는 정규 음반을 만들 때는 파바로티와 녹음했지만, 라이브 공연에서는 바쁜 파바로티를 대신해 보첼리와 함께 노래했다. 그의 목소리는 청중들은 매료시켰다. 그의 이름은 차츰 유럽 전역에 알려지기 시작했다. 이어서 주케로의 주선으로 파바로티와 만나게 된 보첼리는 다시 한번 크게 도약을 했다. 그의 진가를 알아본 파바로티가 연말 자선 콘서트에 초대해서 무대에 서게 한 것이다. 보첼리는 자신에게 주어진 기회를 최선을 다해서 활용했다. 그 결과 열광적인 호응을 받았다.

영혼을
노래하는가수

✦

　보첼리는 가는 곳마다 돌풍을 일으켰다. 그의 목소리에는
다른 테너들이 흉내 낼 수 없는 그만의 개성, 즉 깊은 울림과
떨림이있어 사람들에게 감동을 주었던 것이다. 사람들은 바로
그점에 매료되어 영혼을 노래하는 가수라는 찬사를 보냈다.

　그를 대표하는 노래로는 〈그대와 함께 떠나리〉(원제: Conte
Partiro)를 들 수 있다. 이 노래는 전 세계적으로 공전의 히트를
기록하면서 국제적인 스타로 발돋움하는 발판이 되어주었다.

　그는 전통만을 고집하지는 않았다. 클래식에서부터 팝에 이
르기까지 소화하지 못하는 장르가 없었다. 그래서 팝과 오페라
를 접목하여 '팝페라'라는 새로운 장르의 개척자가 되었다.

　강인한 의지의 그는 갑자기 장애를 입었다는 불행과 남과
다르다는 편견, 그리고 새로운 것에 대한 두려움을 딛고 오로
지 목소리 하나만으로 세계인의 가슴속에 영원히 남는 가수가
된 것이다.

생각 노트

보첼리는 아름다운 목소리로 노래하는 최고의 가수입니다. 그를 그렇게 만든 것은 신체적 장애를 극복한 의지와 용기였습니다. 눈이 보이지 않는 만큼 노력해야 했고, 사람들의 편견과도 싸워야 했습니다. 그 노력이 지금의 자리에 설 수 있게 만든 것입니다.

보첼리는 교습비를 대주지 못하는 부모님을 원망하지도 않았고, 눈이 안 보이는 자신의 처지를 한탄하지도 않았습니다.

미래는 자신에게 달려 있습니다. 앞으로 나아가느냐 주저앉느냐는 각자의 마음에 달려 있습니다.

보첼리는 악보를 볼 수 없었기 때문에 귀가 닳도록 들어서 음을 익히고 가사를 외웠습니다. 무대에 한번 서려면 공연이 시작되기 전에 여러 번 무대에 올라가 동선을 익혀야 했습니다. 하지만 얼굴 한번 찡그리지 않았습니다. 사람들은 그런 그의 모습에서 노래와는 또 다른 감동을 받았습니다. 노력하세요. 그러면 사람들이 먼저 손을 내밀 것입니다.

입체파 미술의

절대적

선구자

. . .

파블로
루이즈피카소

Pablo Ruiz Picasso 1881~1973

스페인 출신의 프랑스 화가, 입체파의 선구자, 20세기 최고의 화가.
주요 작품 : 〈게르니카 Guernica〉, 〈아비뇽의 아가씨들 Les Demoiselles de Avignon〉

그림은
내 세계의 전부다

中

　　5척의 단신에서 뿜어져 나오는 뜨거운 에너지, 넘치
다 못해 폭발하듯 터져 나오는 열정, 마르지 않는 창작의 샘,
그리고 그 누구와도 다른 새로움으로 무장한 그림……. 우리는
이런 이유로 그를 20세기 최고의 화가로 부르는 것에 주저하
지 않는다. 파블로 루이즈 피카소를 이르는 말이다.

　　피카소는 1881년, 스페인 말라가에서 태어났다. 미술교사
였던 아버지의 영향을 받아 선천적으로 미술에 대한 재능을 가
지고 있었다. 어린 피카소는 아버지가 그림 작업을 할 때면 항
상 그 옆에서 진지하게 바라보았다. 그런 그의 모습에서는 엄
숙함이 느껴졌고, 눈빛에서는 불꽃같은 에너지가 넘쳤다.

　　그는 붓을 들 수 있을 만큼 자라자 그림그리기에 매달리기
시작했다. 마치 자신의 운명은 그림그리기라는 것처럼. 그 집
중력은 어른들도 감히 따라가지 못할 정도였다. 그에게는 그림
이 가장 큰 즐거움이자 유희였다.

　　피카소가 본격적으로 그림 공부를 시작한 것은 바르셀로나
로 이사를 한 14세 때 미술학교에 들어간 뒤부터였다. 그곳에

서 당시 새롭게 떠오르고 있던 프랑스와 북유럽의 화풍을 접하면서 큰 자극을 받았다. 그중에서도 르누아르와 툴루즈 로트렉, 뭉크 등의 화법은 그를 매료시켰다. 피카소는 밤낮을 가리지 않고 그들의 화풍을 익히는 데 힘썼다. 그때의 노력은 훗날 더 큰 세계로 나가는 데 큰 바탕이 되어 주었다.

나는 나일 뿐, 남과 같지 않다

☆

1876년, 피카소는 마드리드로 가서 왕립미술학교에 들어갔다. 바르셀로나에서 첫 개인전을 연 것도 바로 그때였다.

어느 해, 그는 보다 더 큰 세상으로 한 발 더 내딛었다. 예술의 중심인 프랑스 파리로 여행을 떠난 것이다. 1900년, 그의나의 19세였다.

파리는 그림에 대한 그의 열정을 증폭시키기에 충분한 곳이었다. 그곳에서의 문화적 충격은 다음 해에는 그를 다시 파리로 가게 했다. 예술적 영혼들이 가득한 몽마르트에서 자신만의 작품 활동을 하는 젊은 보헤미안들과 어울리면서 그들처럼 자신만의 자유로운 그림을 펼쳐나가기 시작했다. 당시 그는 고갱과 고흐의 영향도 많이 받아 하층 계급에 속하는 사람들의 고단한 생활을 화폭에 담기도 했다. 이른바 우울한 '청색시대'의 문은 연 것이다.

그런 그에게 한 여인이 나타났다. 검붉은 머리에 큰 키, 그리고 육감적인 몸매의 페르낭드 올리비에였다. 활발한 성격이었던 그녀로 인해 우울한 분위기 일색이었던 그의 그림은 새로운 전환기를 맞았다. 이른바 '장미빛 시대'로 넘어간 것이다. 그때부터 중세 조각품이나 화가 고야가 지니는 단순함과 엄격함을 받아들였다. 더불어 표면에 있는 모습이 아니라 그 내면에 담긴 애수를 표현하는 데 주력했다. 1905년에는 아폴리네르, 1906년에는 마티스와 교류하면서 그의 그림은 나날이 발전해갔다.

그런 그에게 또 다시 새로운 변화가 찾아왔다. 세잔의 영향을 받아 점점 단순화된 그림을 그리기 시작한 것이다. 그리고 마침내 그의 작품 중 최고라는 찬사를 받게 된 〈아비뇽의 아가씨들〉을 완성하기에 이르렀다. 그를 통해 세잔의 단순화와 아프리카 흑인 조각의 영향을 자신만의 화풍으로 조화를 이뤄내며 비로소 형태 분석을 구체화하기 시작했다. 1907년의 일이었다.

입체파의 거장으로
우뚝서다

✦

그 무렵 피카소는 브라크를 만나 그와 함께 본격적인 입체파 운동을 벌여나갔다. 1909년의 '분석적 입체파'는 1912년에는 '종합적 입체파'로 발전해나갔다. 그러는 동안 피카소는 어느새 20세기 최고의 거장으로 추앙받고 있었다. 그만큼 그의 그림은 독보적이었고, 새로움 그 자체였다.

피카소는 흐르는 물처럼 끊임없이 새로운 변화를 이뤄냈던 것이다. 1915년엔 〈볼라르상〉과 같은 사실적인 초상을 그렸는가 하면, 1920년부터는 〈세 악사〉처럼 신고전주의를 표방하기도 했다. 또 판화와 석판화, 벽화, 도자기 등을 가리지 않고 시도했다. 그만의 표현주의로 불리는 기이한 표현법으로 전쟁의 비극과 잔학상을 그린 벽화 〈게르니카〉나 우리나라의 6·25전쟁을 테마로 한 〈한국에서의 학살〉과 〈전쟁과 평화〉 등도 그런 다양한 시도의 결과였다.

피카소는 그림을 완성하는 데 그리 오랜 시간을 필요로 하지 않았다. 보통 한 시간 정도면 충분했다. 하지만 영감을 얻고, 구상하고, 붓을 들기까지는 많은 시간을 소모했다. 즉 화폭

앞에 앉아 고민하기보다는 그릴 소재를 찾아내는 데 더 열정을 쏟았던 것이다. 그러니까 그의 그림은 하나의 결과물에 지나지 않았다. 하지만 그의 그림이 감동을 주는 것은 그가 평생에 걸쳐 고민하고 관찰한 결과이기 때문이었다.

피카소는 구상이 끝나면 단번에 머릿속에 있는 그림을 화폭에 쏟아냈다. 계획하는 것만으로는 좋은 결과를 얻을 수 없다는 것을 실증하며 보여준 실천자이기도 했던 것이다. 세상에 대한 애정과 정열적인 실천, 그리고 끊임없는 도전이 그를 20세기의 최고의 화가로 자리매김해준 것이다.

생각 노트

　　피카소는 진정한 예술적 가치는 변화에 있다고 믿었습니다. 그래서 새로운 도전을 즐겼습니다. 아무도 개척하지 않는 세계를 끊임없이 찾아다녔습니다. 그런 도전과 개척정신은 새로운 분야, 새로운 시도, 그리고 창조를 꿈꾸게 했습니다. 새로운 것을 두려워하는 사람은 그 자리에서 벗어나지 못할 것입니다. 두려워하지 마십시오. 용기가 창조라는 새로운 세계로 이끌어 줍니다.

피카소는 죽을 때까지 아름다운 청년이었습니다. 그림에 대한 열정은 물론이고 세상과 사람에 대한 애정이 식을 줄 몰랐습니다. 피카소의 마지막 연인이자 서른의 나이에 여든이 되어가는 피카소와 결혼한 자클린 로크는 이렇게 말했습니다. "나는 이 세상에서 가장 아름다운 청년과 결혼했어요. 오히려 늙은 사람은 나였습니다."

사람을 늙게 만드는 것은 세월이 아니라 마음입니다. 무언가를 이루고 싶다면 젊은 패기로 계획하고, 실천하십시오. 미래의 문은 저절로 열리거나 누가 대신 열어주지 않습니다.

불우한,

그러나

가장 빛나는

거장

. . .

빈센트반고흐

Vincent Van Gogh (1853~1890)

네덜란드 출신 화가, 표현주의 거장, 태양의 화가.
대표 작품 : 〈감자 먹는 사람들Les Mangeurs de pommes de terre〉, 〈해바라기Tournesol〉

신학생에서 점원으로, 점원에서 교사로

☩

우리는 렘브란트 이후 가장 위대한 화가로 고흐를 꼽는 데 주저하지 않는다. 그만큼 강렬한 색채와 터치가 돋보이는 그의 작품을 아끼고 사랑하는 것이다. 하지만 고흐는 살아 있던 시절에는 그렇게 환영을 받지 못했다. 지독한 가난, 고독, 예술에 대한 끝없는 집착, 발작 등으로 점철된 고단한 37년의 짧은 생애를 살다 간 불우한 천재였다.

고흐는 네덜란드의 프로트 준데르트라는 곳에서 태어났다. 목사였던 아버지는 아들에게 항상 다른 이들을 돕는 것이 중요하다고 가르쳤다. 그것은 어린 고흐에게는 진리였고, 세상의 전부처럼 여겨졌다. 그래서 너무도 당연하게 아버지와 같은 목사가 되는 것이 자신의 길이라고 여겼다. 암스테르담대학 신학부에 입학한 것도 그런 이유에서였다. 그러나 목사가 되는 것은 생각처럼 쉽지 않았다. 당장 생활비가 궁했던 그는 일자리를 얻기 위해서 졸업과 함께 숙부가 있는 프랑스의 파리로 갔다. 그리고 화구점을 운영했던 숙부 밑에서 점원으로 일했다. 하지만 점원이 되기에는 너무 숫기가 없었다.

"넌 어찌 그렇게 손님을 자상하게 대하지 못하는 거냐? 항상 친절하고 예의를 갖춰 대해야 한다는 걸 잊었니?"

하루도 숙부의 잔소리를 듣지 않는 날이 없었다. 장사로 평생을 살아온 숙부에게는 손님에게 말 한 마디 제대로 건네지 못하는 고흐가 답답하기만 했던 것이다. 결국 얼마 안 가 해고를 당하고 말았다.

그 후 고흐는 한 곳에 정착하지 못하고 이곳 저곳 옮겨 다니기 시작했다. 교사도 해봤고, 서점 직원도 해봤으며, 본래의 목표였던 목사가 되기 위해 신학 연구생이 되기도 했다. 하지만 그 어느 것도 고흐를 만족시켜주지 못했다.

그렇게 자신의 미래를 결정하지 못한 채 전전하던 중에 1878년 선교를 위해 보리나즈 탄광지로 가서 장티푸스 환자들을 열성적으로 간호했다. 다른 이를 위해 살아가라는 아버지의 가르침대로. 그러나 열악한 환경과 몸을 돌보지 않는 열성은 어느새 그의 건강을 해치고 있었다. 이제 더 이상 그곳에 있을 수가 없었다. 다른 이들을 돌보기 위해 갔는데 도움을 받는 신세가 될 수는 없었던 것이다. 그는 모든 것을 접고 헤이그로 돌아왔다. 화가가 되겠다는 막연한 꿈을 가지고. 1880년이었다.

새로운 꿈을
꾸다

헤이그는 고흐에게 새로운 희망을 주었다. 아니, 그것은 고흐 대신 숙부의 화구점에서 점원으로 일하고 있던 동생 테오가 준 것이었다. 동생 테오는 그에게 그림을 그리라고 적극적으로 권유했다. 고흐는 누에넨에서 그림을 그리기 시작했다.

그림은 고흐에게 처음으로 평온이라는 것을 느끼게 해주었다. 비록 동생의 도움으로 하루하루를 먹고 살았지만 그저 그릴 수 있다는 것만으로도 이전에는 느낄 수 없었던 행복을 느꼈던 것이다.

그는 보잘것없는 자신의 모습이나 가난하고 소외 받는 사람들을 화폭에 담았다. 내성적이고 소극적인 성격 탓으로 화려하거나 우아한 것들에 대해서는 그다지 매력을 느끼지 못했다. 유명한 〈감자 먹는 사람들〉이 바로 이 시절에 탄생되었다.

그러던 1886년, 동생 테오는 자신을 만나기 위해 파리에 온 고흐에게 조각가 베르나르와 화가 로트렉을 소개해줬다. 고흐는 그들에게서 자신이 걸어가야 할 새로운 길을 찾았다. 인상파의 한 부류였던 그들의 작품에서 강렬한 색깔을 발견했던

것이다. 그때부터 어두운 화풍에서 벗어나 밝은 화풍을 추구
하기 시작했다.

삶대신
그림을선택하다

그러나 고흐는 파리 생활에 이내 염증을 느꼈다. 내성적인
그에게 화려한 파리는 결코 편한 곳이 아니었던 것이다. 그러
자 가까이 지내던 고갱과 베르나르가 그를 '화가들의 공동체'
에 포함시키고 싶어 했다. 고흐는 그들의 권유를 받아들였다.
그는 보다 밝은 태양을 찾아서 프랑스 남부 아를르로 이주했
다. 그리고 정열적으로 작품에 매달렸다. 그렇게 해서 2년 동
안 무려 3백여 점의 작품을 완성시켰다.

허지만 고흐와 고갱의 공동생활은 결코 행복하지 않았다.
둘은 달라도 너무 달랐다. 내성적인 고흐는 자유롭고 독단적인
고갱을 받아들이지 못했다. 의도적으로 자신을 얕잡아보는 고
갱의 눈길도 견디기 힘들었다. 가벼운 의견 다툼에서 시작된
불화는 결국 고흐가 자신의 귀를 자르는 비극적인 결말에 이르

렀다.

고흐는 이제 정상이 아니었다. 신경 발작과 입원을 반복하면서 불행한 시간을 보냈다. 그러나 발작이 없을 때에는 그동안의 공백을 메우기라도 하려는 듯 그림에만 매달렸다. 바로 그때 〈해바라기〉가 그려졌고, 〈아를르의 도개교〉가 그려졌으며, 〈닥터 가셰의 초상〉이 그려졌다. 그는 안타깝게도 사막에서 물을 찾듯 평범한 삶 대신 그림이 주는 세계에 스스로 갇히고 말았다.

열정으로 남겨진
그림들

✤

당시 사람들은 고흐의 작품을 좋아하지 않았다. 비평가들은 물론이고 동료, 모델, 심지어 고흐가 사랑했던 여인조차도 그의 그림을 외면했다. 오직 형에게 용기를 주고 싶었던 동생 테오만이 형 몰래 형의 그림을 사들이며 용기를 주려고 애를 썼다. 그가 형 고흐에게 보낸 격려 편지는 무려 800통이 넘었다.

남들이 알아주지 않는 것은 마음 아픈 일이었지만, 고흐는 그렇다고 그림을 포기하지는 않았다. 지금껏 그래 왔던 것처럼 꾸준히 그림을 그렸다.

고흐는 언제나 외로웠다. 그래서 그림 속에서 자신을 찾으려고 스스로 외로움을 택하여 그 외로움을 곧바로 그림으로 옮겼다. 그렇게 불우한 삶을 살던 그는 1890년 마침내 정신발작을 일으켜 스스로 권총을 쏘아 삶을 마쳤다.

그가 죽은 후 사람들은 그의 그림을 다시 보기 시작했다. 비록 그가 죽은 지 13년이나 지난 후였지만, 그림에 삶을 송두리째 바친 그의 열정이 결코 헛되지 않았다는 증거였다.

생각노트

　누구는 고흐를 '광기의 화가'라고 합니다. 또 누구는 '열정의 화가'라고도 합니다. 광적이다 싶을 정도로 그림에 매달렸던 그였기에 이런 칭호를 받게 된 것입니다. 남들이 뭐라고 하든 아무 상관이 없었습니다. 간혹 자신에 대한 연민과 동정심이 들기도 했지만 그럴수록 그는 그림에만 매달렸습니다.

마음에 들지 않는다고, 빨리 성취되지 않는다고 금방 포기하고 옮겨 다녀서는 아무것도 이룰 수 없습니다. 자신에 대한 믿음을 가지고 꾸준히 앞으로만 나아가십시오.

고흐의 일생은 불행했습니다. 평생 배고픔에 시달려야 했고, 고독을 견뎌야 했으며, 심지어 온전치 않은 정신과도 싸워야 했습니다. 하지만 그에게는 삶의 목표가 있었습니다. 온전치 않은 정신 속에서도 그림은 삶의 목표였고, 존재 이유였습니다. 이렇듯 불행한 환경도 목적이 있는 그의 열정 앞에서는 두려운 존재가 아니었습니다. 목표가 있으면 어떤 고통 앞에서도 흔들리지 않습니다.

색채의

마술사

. . .

마르크샤갈

Marc Chagall (1887~1986)

러시아 출신의 프랑스 화가, 표현주의 대표 화가, 색채의 거장.
주요 작품 : 〈손가락이 7개인 자화상 Self Portrait with Seven Fingers〉,
〈바이올린 연주자 The Fiddler〉, 〈서커스 The Circus〉

색으로 말하는 화가

✦

샤갈의 그림은 한마디로 화려한 색채의 향연이다. 그 색의 조화는 환상적인 느낌을 불러일으킨다. 마치 온갖 색으로 이루어진 찬란한 숲 속을 걸어가는 것처럼. 그는 그 어떤 화가보다도 색을 조화롭게 사용했다. 그래서 우리는 그를 '색채의 마술사'라고 부른다.

사람들은 흔히 샤갈을 프랑스 화가로 알고 있다. 틀린 것은 아니다. 하지만 정확한 고향을 말하라고 한다면 러시아 비테프스크가 맞다. 유태인의 피를 물려받은 러시아 사람이다.

샤갈은 어려서부터 그림에 관심이 많았다. 이미 8세에 화가가 되겠다고 결심했을 정도였다.

1907년, 상트페테르부르크 황실미술학교에 들어간 그는 열정적으로 공부했다. 하지만 그에게 러시아는 좁은 우물 같았다. 그래서 1910년, 다양한 그림을 접하겠다는 열망을 안고 예술의 도시 파리로 갔다. 거기에서 피카소를 만나 입체파 기법을 알게 되었다. 그는 처음 피카소의 작품 세계를 접했을 때 그 새로움에 정신을 잃을 정도였다. 그래서 그 충격과 신선함을 화폭

옮겼다. 그리고 1년 만인 1911년에 첫 개인전을 열었다. 사람들은 그의 그림에 환호했다. 그렇게 대중의 주목을 받고 있는 중에 제1차 세계대전이 일어났다. 또 러시아 혁명도 일어났다.

그에게 혁명은 곧 자유였다. 새롭게 태어난 소련에서 그는 여러 공직을 맡았다. 하지만 그는 정치가가 아니었다. 그저 예술가로 살고 싶었던 그는 고향을 떠나 파리로 가서 정착했다. 그리고 의욕적으로 그림 작업에 몰두했다. 가슴이 자유로워진 샤갈은 환상으로 가득 찬 새로운 세계를 마음껏 펼쳐 보였다. 그의 작품은 훗날 초현실주의 미술에 기초가 되었다.

다양한 미술세계를 보여주다

샤갈은 회화에만 능했던 것이 아니었다. 1948년에는 베네치아 비엔날레에서 판화 부문 상을 받았다. 또 조각, 벽화, 스테인드글라스, 도자기를 비롯해 무대장식에 이르기까지 폭 넓은 작품 활동을 한 것으로도 유명하다. 뉴욕 메트로폴리탄 오페라극장의 벽화와 파리 오페라극장의 천장화도 그가 그린 것이다.

이때의 작품들을 통해 샤갈은 초기 입체파의 영향에서 벗어나 점차 슬라브의 환상과 유대인의 신비성을 조화시킨 독자적인 개성을 확립했다. 자신만의 개성을 확립한 것이다.

샤갈은 동화 같은 환상이나 고향의 생활, 하늘을 나는 연인들이란 주제를 즐겨 다뤘는데, 이때 사용한 자유로운 공상과 다양한 색채의 사용은 보는 사람들로 하여금 탄성을 자아내게 했고, 순수의 세계로 빠져들게 했다. 그것은 이전의 작품들에서는 볼 수 없었던 그만의 매력이었다. 그 순수함과 형식에 얽매이지 않는 자유로운 마음이 그를 세기의 거장으로 만든 것이다.

생각 노트

샤갈이 표현주의의 거장으로 불리는 이유는 그의 작품이 이전의 누구에게서도 볼 수 없었던 독특한 화풍을 개척한 데에 있습니다. 그 화풍은 자유로운 상상력에서 나왔습니다. 상상은 자유의 시작이고, 한계가 없습니다. 또 모든 목표와 미래에 대한 설계는 상상에서 출발합니다.

여러분도 상상력을 키우고, 꿈을 설계하십시오. 그 속에 미래가 있습니다.

샤갈의 그림은 이전의 것과는 다른 전혀 새로운 것이었습니다. 어린아이의 것과 같은 순수함과 자유로운 의지로 모든 인습과 형식을 뛰어넘고자 했습니다. 상식이 언젠나 옳은 것은 아닙니다. 더구나 예술에는 옳은 것도 그른 것도 없습니다.

샤갈은 이렇게 말합니다.

"나는 어느 한 시대의 아들이다. 그리고 우리들은 매일 조금씩 더 젊어지고 있다."

형식은 이것과 저것을 나누는 울타리일 뿐입니다. 과감히 그 울타리를 뛰어넘으시기 바랍니다.

멋진

하모니의

정점

. . .

비틀스

Beatles (1956년 결성, 1971년 해체)

영국 출신 4인조 록그룹, 1960년대 세계 최고의 대중음악 그룹.
대표 노래 : 〈헤이 쥬드Hey Jude〉, 〈레 잇 비Let It Be〉, 〈예스터데이Yesterday〉

노래를 사랑한
젊은이들
✢

　　1960년대 수많은 히트곡을 내며 전 세계인들의 사랑을 한 몸에 받았던 록그룹이 있었다. 그 존재만으로도 천문학적인 상품 가치를 지녔던 그들은 자신들의 그룹 이름을 거대한 브랜드로 만들었다. 세계 굴지의 음반 회사가 가장 선호한 그룹이기도 했다. 수많은 찬사와 수식어들이 그 가치를 가늠하게 하는 그룹, 바로 비틀스이다.

　　비틀스는 영국 출신의 네 젊은이가 모여 만들었다. 존 레넌 John Lennon, 폴 매카트니PaulMccartney, 조지해리슨GeorgeHarrison, 링고스타 Ringo Star가 그들이다. 음악을 좋아한다는 점 말고도 그들에게는 공통점이 있었다. 바로 가난한 집안에서 자라났다는 것이다.

　　가난에 대응하는 방법은 저마다 다르다. 어떤 이는 가난을 운명처럼 받아들이되 굴복하지 않고, 극복하려는 의지를 불태운다. 그런 사람은 인생을 성공으로 이끈다. 반면 가난의 노예가 되어 자신의 운명을 한탄하며 삶을 아무렇게나 살아가는 사람들도 있다. 그들은 죽을 때까지 가난하고 또 불행하다.

　　비틀스들에게 가난은 음악을 하는 데 아무런 장애가 되지 않았다. 그들은 언제나 낙천적으로 음악을 즐겼다. 한결같이 음악에 남다른 열정을 가지고 있었던 그들은 음악을 할 수 있다는 것만으로도 행복했다. 이런 그들의 인생관은 고스란히 그들의 음악에 배어들었다. 그들이 세계적으로 인기를 끌 수 있었던 것은 바로 낙천적인 생각이 음악에 녹아들어 있었기 때문이었다.

비틀스의 탄생

✛

원래 그들은 각자 다른 록그룹에서 활동을 하며 서로 다른 음악 세계를 펼치고 있었다. 그러던 중 레넌과 매카트니가 먼저 팀을 이루며 활동을 시작했다. 1956년이었다. 해리슨이 이들과 함께하기 시작한 것은 1957년이었다. 일찍부터 멤버를 늘리려고 했으나 같은 음악적 색깔을 낼 수 있는 사람을 고르는 일이 쉽지 않았던 것이다.

1960년, 세 사람은 비틀스란 팀을 구성하고 함부르크와 리버풀의 클럽을 중심으로 본격적인 활동을 시작했다. 열정적인 그들의 모습은 사람들에게 깊은 인상을 심어주기 충분했다. 그러던 중 링고스타를 영입하며 비로소 네 명의 비틀스로 탄생했다.

비틀스는 적극적으로 활동하여 관객뿐 아니라 음반 업자들의 관심도 끌었다. 1962년과 1963년, 2년에 걸쳐 발표한 세 개의 음반은 모두 대중적으로 큰 성공을 거뒀고, 이로써 영국 최고의 인기 록그룹으로 등극하게 되었다.

음악으로
세계를정복하다

�※

비틀스의 인기는 대서양을 건너 미국으로 번졌다. 미국인들은 열광했다. 그들의 음반은 대대적인 선풍을 일으키며 '비틀스 마니아'라는 새로운 풍조를 만들어냈다. 그러자 그들은 미국 최고 텔레비전 프로그램인 '에드 설리번쇼'에 출연해서 세계인들에게 자신들의 존재를 확실하게 각인시켰다.

비틀스 음악에는 열정 외에도 남다른 무언가가 있었다. 그들은 로큰롤의 황제 엘비스 프레슬리의 영향 아래 재즈와 록의 장점만을 뽑아내 매력적인 '리버풀 사운드'를 창조해냈다.

그들의 음악은 이전의 음악과는 달랐다. 젊은이들의 열정이 있었고, 자유가 있었고, 도전이 있었다. 새로운 것에 대한 도전과 창조정신이 그들을 세계 최고의 그룹이라는 자리에 올려놓았던 것이다.

그들의 음반은 모두 100만 장 이상 팔리는 당시로는 경이로운 기록을 세웠다. 그들은 새로운 것에 대한 도전을 멈추지 않았다. 자신감을 바탕으로 새로운 형식의 음악에 도전했다. 그래서 탄생한 노래가 우리가 너무도 잘 알고 있는 〈예스터데이Yesterday〉이다. 또 복잡한 리듬의 〈페이퍼백 라터Paperback Writer〉나 동요풍의 〈옐로 서브머린Yellow Submarine〉, 그리고 사회적 메시지를 담은 〈엘리너 릭비Eleaner Rigby〉 등 다양한 형식의 노래들을 발표했다. 그들의 폭넓은 음악 세계를 보여주는 단면이기도 했다.

비틀스는 아무리 인기가 많아도 현실에 안주하여 머무르는 것을 배격했다. 늘 새로운 것에 도전했다. 예술은 인간들의 영혼을 맑게 하고, 삶의 평안과 진실성을 갖게 함으로써 행복한 삶에 이르게 하는 정신적 행위다. 이처럼 중요한 행위에 대해 비틀스는 자신들만의 확실한 음악 세계를 창조하였다. 그리고 그것은 곧바로 사람들의 마음에 파고들었다. 때문에 세계 최고의 음악가로 아직도 기록되고 있다.

생각노트

비틀스는 가난 앞에서 더욱 강했습니다. 자신들이 사랑하는 음악이 있었기 때문에 가난 따위는 아무렇지도 않았습니다. 꿈이 없는 사람에게는 미래도 없습니다. 꿈이 있다면 아무리 힘든 일이 닥쳐도 이겨낼 수 있습니다. 꿈이 미래를 만들기 때문입니다.

비틀스는 끊임없이 연구하고 노력했습니다. 이미 성공을 거뒀지만 그에 만족하지 않고 새로운 시도를 거듭했습니다. 음악에 대한 뜨거운 열정이 있고, 겸허한 마음이 있었기 때문이었습니다. 최고에 자리에 있었지만 결코 그것에 자만하지 않았습니다. 더 높은 곳을 향해 가기 위한 노력이 그들을 영원한 음악가로 만들었던 것입니다.

영원한

락의

우상

. . .

엘비스
프레슬리

Elvis Presley (1935~1977)

미국의 가수 겸 영화배우, 로큰롤의 제왕.
대표 노래: 〈버닝 러브Burning Love〉, 〈러브 미 텐더Love Me Tender〉

신념으로
노래 부르는 소년

엘비스 프레슬리는 미시시피의 이스트 듀펠로에서 태어났다. 그는 아주 어릴 때부터 독실한 크리스천이었던 부모를 따라 열심히 교회에 다녔다. 그의 부모는 가스펠을 매우 좋아했다. 때론 온유한 모습으로, 때론 열정에 찬 모습으로 가스펠(복음찬송가)을 불렀다. 가스펠은 그들의 마음을 차분하면서도 온유하게 했고, 희열을 느끼게 해줬다. 어린 엘비스는 그런 부모의 모습을 보면서 자연스럽게 노래와 가까워졌다. 그는 열심히 부르면서 점차 노래가 주는 기쁨과 흥겨움을 경험하게 되었고, 그럴수록 더욱 좋아졌다.

엘비스는 열한 번째 생일을 맞아 기타를 선물로 받았는데 하루도 쉬지 않고 연습에 매달렸다. 얼마나 열심히 연주했는지 손가락엔 늘 피가 맺혀 있었다. 하지만 한번도, 단 한번도 아픈 내색을 하지 않았다. 그리고 나날이 늘어가는 기타 실력만큼 노래 실력도 나날이 늘어갔다.

꿈을 향해
솟아오르다

1947년, 엘비스의 가족은 테네시의 멤피스로 이주했다. 새로운 환경이었지만 엘비스에게는 언제든 힘이 되어주는 노래가 있었기 때문에 아무 문제가 없었다. 즐겁게 학교 생활을 했고, 더불어 자신의 꿈을 향한 열정을 키워나갔다.

1954년에 고등학교를 졸업하고 성인이 된 엘비스는 트럭운전을 하며 생활비를 벌었다. 그러던 어느 날, 어머니를 위해 〈마이 해피니스My Happiness〉라는 노래를 녹음하기로 해서 녹음실을 찾아갔다. 그런데 그곳에서 그 녹음실의 비서 마리온 키스커의 눈에 띄었다. 엘비스의 노래에서 남다른 재능을 발견했던 키스커는 몇몇 사람들과 팀을 이뤄 연습생 생활을 시작했다. 그리고 몇 달 후 〈블루문 오브 켄터키Blue moon of Kentucky〉와 〈댓스 올라잇 마마That' s allright, mama〉라는 노래를 정식으로 녹음했다.

이 노래는 얼마 안 가 라디오를 중심으로 큰 인기를 끌었다. 두 번째 앨범과 세 번째 앨범이 잇따라 히트를 치면서 엘비스라는 이름이 사람들에게 널리 알려졌다.

엘비스는 미국 남부를 순회하며 공연을 했다. 그의 인기는 끝이 없는 것만 같았다. 엘비스는 비로소 뉴욕에 진출했고, 텔레비전 쇼에 출연하면서 세계적인 스타로 발돋움하게 되었다.

세계최고의 가수가되다

세계적인 스타로 우뚝 선 엘비스는 새로운 도전을 시도했다. 흑인의 리듬 앤 블루스와 로큰롤을 접목시켰던 것이다. 보다 나은 음악, 보다 즐거움을 줄 수 있는 완벽한 음악을 추구했던 그였기 때문에 가능한 일이었다. 그의 시도는 대성공이었다. 많은 사람들이 그가 만들어낸 새로운 음악에 열광하기 시작했던 것이다.

엘비스는 새로운 기록들을 만들어내기 시작했다. 최다 차트 앨범, 최다 톱 텐 레코드, 최다 연속 톱 텐 레코드, 24년간 연속 챠트 등 그야말로 그에 대한 사랑은 돌풍 바로 그것이었다.

그러나 엘비스가 항상 찬사만을 받고 살았던 것은 아니다. 엉덩이를 흔들고 추는 그의 춤은 보수적인 기성세대로부터는 맹렬한 비난을 받았다. 그러나 엘비스는 아무런 대항을 하지

179

않고 그저 자신의 노래만 열심히 불렀다.

그러자 기성세대들도 점차 그의 춤이 아닌 노래에 빠져 들어가기 시작했다. 진실된 노래와 실력이 보수적인 기성세대의 마음을 움직였던 것이다.

엘비스는 40이 조금 넘은 나이에 유명을 달리했다. 그의 자택 화장실에서 변사체로 발견된 것이다. 사인은 심장마비라고 했으나 약물남용이라는 주장도 있었다. 그러나 이에 대해 관계자들이 적극적인 해명을 하지 않아 의혹은 아직도 해소되지 않고 있다.

그가 죽은 후 미국은 일시적으로 공황 상태에 빠졌다. 그를 추도하는 수많은 팬들이 그의 묘지에 몰려들었고, 그의 앨범은 무려 4억 8천만 장이나 팔려나갔다. 그만큼 사람들은 그를 아끼고 사랑했던 것이다. 지금 그의 동상이 있는 멤피스는 성지로 인정받고 있다.

생각 노트

엘비스의 성공신화는 우연히 이루어진 것이 아닙니다. 기존의 음악 세계를 뛰어넘는 자신만의 음악을 만들어냈기 때문에 가능했던 것입니다. 도전을 두려워하는 사람은 항상 그 자리에 안주하고 맙니다. 도전하지 않으면, 지금의 자신을 뛰어넘지 않으면 지금의 그 자리가 영영 당신의 자리로 그칠 것입니다. 아니 지금보다 더 밑으로 추락하게 될지도 모릅니다. 앞으로 나아가고 싶다면 엘비스처럼 도전하십시오. 엘비스는 새로운 무대 매너를 탄생시켰습니다. 지금껏 한번도 볼 수 없었던 새로운 춤으로 사람들을 매료시켰습니다. 하지만 비난도 받았습니다.

변화를 두려워하는 사람들은 변화를 시도하는 것조차도 마땅찮아 합니다. 엘비스는 그런 비난에 당당히 맞섰습니다. 변명을 하지 않았습니다. 그저 노래로 진실된 마음을 전하고자 했습니다. 남의 비난을 두려워해서는 아무것도 할 수 없습니다. 참이라고 믿는다면, 그 길이 맞다고 생각한다면 밀고 나가십시오. 그 끝에 꿈꾸는 미래가 펼쳐져 있을 것입니다.

영혼을

노래하는

천상의 메신저

. . .

스티비 원더

Stevie Winder (1950~)

미국의 가수, 작곡가, 연주자
대표 노래 : 〈아이 저스트 콜드 투 세이 아이 러브 유 I Just Called to Say I Love You〉,
〈파트 타임 러버 Part-Time Lover〉

장애를안고
태어나다

✦

온 정열을 다 바쳐 영혼을 노래하는 가수가 있다. 까만 선글라스를 쓰고 머리를 흔들면서 무대를 휘어잡는다. 그의 노래를 듣고 있노라면 저도 모르게 리듬에 맞춰 어깨를 들썩거리게 된다. 있는 곳이 어디든, 무엇을 하고 있든 상관없이 그의 음악에 빠져들어 버리고 만다. 그리고 가슴 저 깊은 곳으로부터 숙연하게 하는 무언가를 느끼게 된다. 그는 맹인이지만 세계 정상의 가수로 우뚝 선 스티비 원더이다.

원더는 미국 미시간 주 새기노에서 태어났다. 그는 태어나면서부터 앞을 볼 수 없었다. 하늘이 어떤 색깔인지, 꽃이 어떻게 생겼는지, 자신이 어떻게 생겼는지 아무것도 볼 수 없었다. 눈이 아닌 손으로, 그리고 가슴으로 기억하는 수밖에 없었다.

하지만 그는 쾌활하고 낙천적이었다. 덕분에 자신의 처지를 불행하다고 여기지 않았다. 그저 남보다 조금 불편할 뿐이라고, 아니 조금 다른 것뿐이라고 생각했다.

무슨 일을 하든지 적극적인 원더였지만 그중에서도 악기 다루는 것을 가장 좋아했다. 누가 가르쳐주는 사람이 없는데도 혼자 연습하여 연주를 해낼 정도로 뛰어난 재능을 보였다. 사람들은 그가 틀림없이 뛰어난 연주자가 될 거라고 기대했다. 비록 눈은 보이지 않았지만 남에게는 없는 재능이 있었던 것이다. 그 재능은 그에게 새로운 희망을 주었다. 음악은 그에게 힘과 용기를 주는 원천이었다.

새로운 세계를 활짝 열다

✛

원더는 12세였던 1963년에 '리틀 스티비 원더'라는 이름으로 첫 음반을 냈다. 모타운 레코드사가 그의 재능을 첫눈에 알아봤기 때문에 가능했던 일이다. 그 음반을 들은 사람들도 곧바로 그의 재능을 알아봤다. 음반에 실렸던 〈핑거팁스Fingertips〉가 순위 1위에 오르며 대단한 인기몰이를 했다. 아이답지 않은 깊은 음감과 옥타브를 넘나드는 음역, 그리고 프로 연주자가 연주했다고 해도 믿을 만한 격렬한 하모니카 연주가 사람들에게 잊지 못할 감동을 주었던 것이다. 특히 1966년, 그가 직접 작곡한 〈업타이트Uptight〉는 그를 실력 있는 작곡가로 인정받게 했다.

그의 음악은 나이가 들수록 더욱 폭이 넓어지고, 울림의 깊이가 더해졌다. 사람들은 그런 그의 음악에 매료되어 열광했다.

그는 해마다 히트곡을 내며 큰 성공을 거뒀다. 1984년에 발표한 〈아이 저스트 콜드 투 세이 아이 러브 유I Just Called to Say I Love You〉가 공전의 히트를 치면서 미국뿐만 아니라 전 세계에 이름을 알렸다.

명예의 전당에 서다

원더에게 눈이 보이지 않는다는 것은 단지 작은 불편함일 뿐이었다. 그것은 그가 하고 음악을 하는 데에는 걸림돌이 될 수 없었다. 사람들은 뛰어난 그의 음악에 열광했고, 장애를 이겨낸 그의 용기에 열광했으며, 항상 낙천적인 그의 삶의 자세에 열광했다.

원더는 앞을 못 보는 대신 음악에는 천부적인 재능을 보였다. 하지만 그를 세계 정상의 자리에 오르게 한 것은 재능이 아니었다. 언제나 성실했던 그는 뜨거운 열정으로 자신만의 독창적인 창법을 만들어냈다. 피아노, 하모니카, 드럼에 이르기까지 거의 모든 악기를 아주 능수능란하게 다뤘다. 또 언제나 새로운 것을 추구했다. 기존의 것을 받아들이되 자신만의 것으로 재창조했던 것이다.

그는 재능과 열정, 그리고 성실함을 두루 갖추고 있었다. 그의 음악은 대중들로부터 큰 인기를 끌었고, 다른 음악가들에게는 신선한 영감을 주었다. 그는 대중에게는 사랑받는 음악가이고, 음악가들에게는 존경받는 스승이었다. 그래서 우리는 그를 20세기 후반의 가장 창조적이고 혁명적인 음악가로 손꼽는다. 그는 1989년 '로큰롤 명예의 전당'에 자신의 이름을 올렸다.

생각 노트

　　우리는 보통 어떤 장애물을 만나면 포기해버리거나 돌아갈 생각을 합니다. 부딪치면 능히 해결할 수 있을 텐데도 말입니다. 이는 실패하면 어쩌나 하는 두려움에 지기 때문입니다. 하지만 원더는 앞이 보이지 않는 장애를 불편함 그 이상으로 생각하지 않았습니다. 그가 두려운 마음에 도전하지 않고 안주했더라면 결코 지금처럼 세계적인 음악가가 될 수는 없었을 것입니다.

　　원더는 언제나 새로운 것을 찾아 나섰습니다. 남과 다른 특이한 창법은 시작일 뿐이었습니다. 남과 같은 것으로는 남을 뛰어넘을 수 없습니다.

　　원더는 낙천적이고 초연한 성격의 사람이었습니다. 언제나 희망을 애기했고, 웃는 얼굴로 사람들을 대했습니다. 그런 그의 모습은 많은 이들에게 용기를 주었습니다.

　　기회는 삶을 포기한 사람에게는 오지 않습니다. 기회가 없다면 성공도 없습니다. 원더는 긍정적인 삶의 자세가 얼마나 사람을 강하게 하는지 보여주고 있습니다.

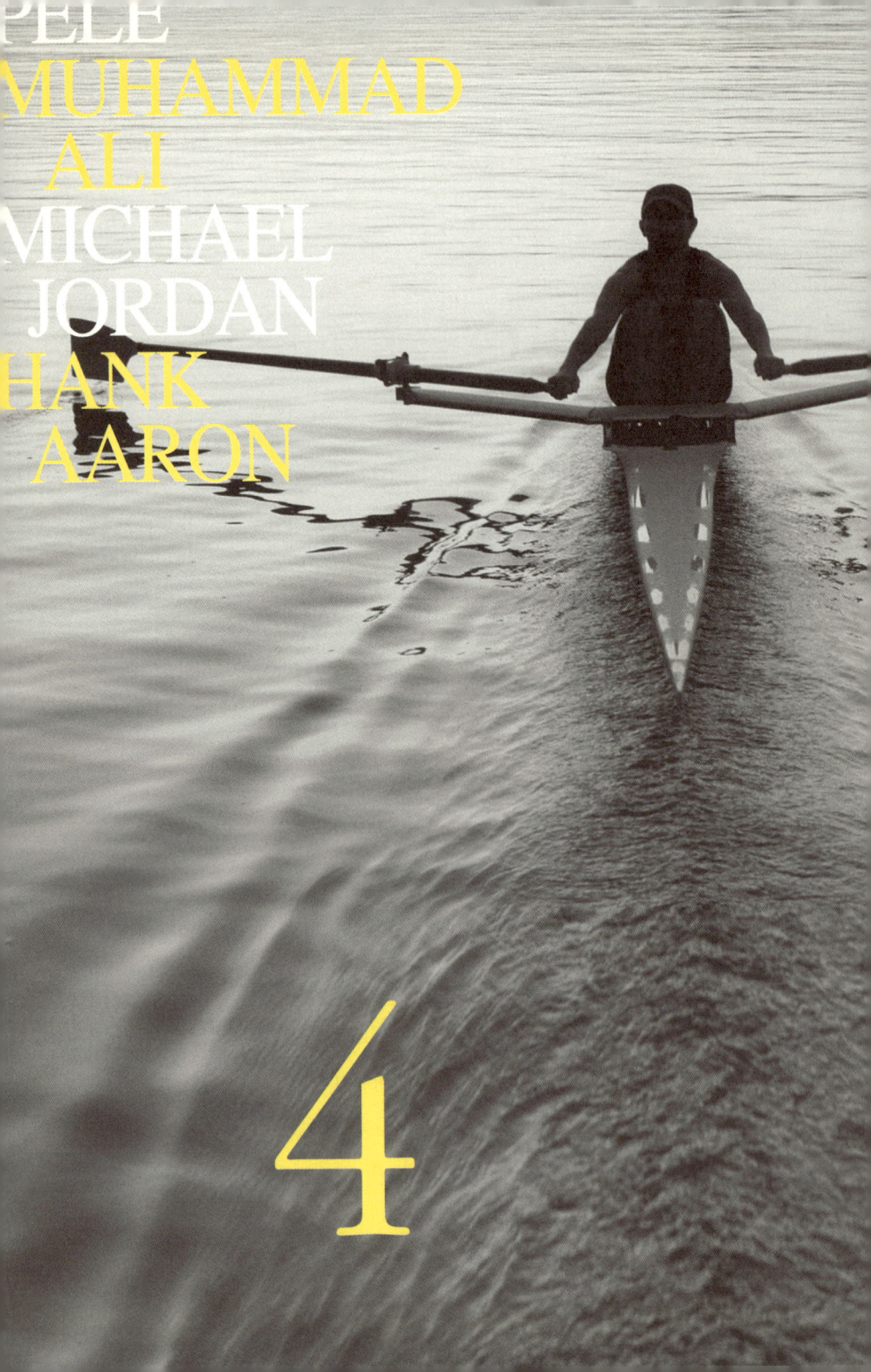

PELE
MUHAMMAD
ALI
MICHAEL
JORDAN
HANK
AARON

4

도전하는
사람이
아름답다

불세출의

축구 영웅

. . .

펠레

Pele (1940~)

월드컵 3회 우승의 주역인 브라질의 축구 영웅.
주요 저서 : 자서전《펠레 Pele》

축구꿈나무
펠레

✦

무언가 한 분야에서 크게 성공한 사람들은 그 사람만의 특별한 재능이 있기 마련이다. 그들은 어렸을 때 이미 자신의 재능을 발견했고, 재능을 발현시킬 수 있는 꿈을 꾸었다. 그런 사람들은 금방 주목을 받게 된다. 펠레도 그런 사람이었다. 남다른 재능으로 사람들의 이목을 끌었던 축구 천재였던 것이다.

그의 본명은 에드손 아란테스 도 나스시멘토Edson Arantes do Nasscimento이다. 그의 아버지 돈 디뇨 역시 축구선수였다. 브라질의 시골 마을인 트레스 코아코레스에서 선수로 활약한 돈 디뇨는 한 경기에 다섯 골을 넣기도 한 유능한 선수였다. 펠레는 그런 아버지에게서 축구의 기본기를 착실하게 배웠다. 펠레는 아버지의 끼를 고스란히 물려받고 태어나 축구를 무척이나 좋아했다. 공부는 물론이고 심지어 밥 먹는 것보다 더. 그는 훗날 공을 찰 때가 가장 행복했다고 술회했다.

우리 속담에 '잘될 나무는 떡잎부터 다르다.'라는 말이 있다. 펠레가 바로 그런 아이였다. 그는 어린 시절부터 남다른 재능과 열정을 가지고 있었다.

15세가 되던 해, 그는 아버지의 친구이자 유명한 축구 선수였던 브리트의 눈에 띄어 산토스 축구팀에 입단했다. 입단하자 곧바로 베스트 열한 명에 들었다. 그는 성인이 되기도 전에 브라질 전역에 화제가 되었다. 대선배들이 각축을 벌이는 축구장을 마음껏 휘저으며 실력을 유감없이 보여주었다. 그렇게 눈부신 활약으로 17세라는 어린 나이에 기라성 같은 선배들이 제치고 브리질 국가대표선수로 발탁되었다.

브라질은 그때도 지금만큼이나 세계 최고의 축구 왕국이었다. 그래서 브라질 국민은 누구나 축구선수가 꿈이자 삶의 목적이었다. 그런데 17세의 소년이 당당하게 그 일원이 된 것이다.

날개를 활짝 펴 영웅의 자리에 오르다

✛

국가대표 선수 펠레는 스페인 월드컵에 나가 눈부신 활약을 선보이며 브라질이 우승하는 데 견인차 역할을 했다. 그해 월드컵이 끝나자 그는 브라질은 물론이고 전 세계 사람들에게 유명인사가 되어 있었다.

나이가 들어갈수록, 경기를 치를수록 그의 명성을 높아만 갔다. 장밋빛 찬란한 인생이 그의 앞에 펼쳐진 것이다. 더불어 그의 명성만큼이나 많은 재산도 가질 수 있었다. 공이 없어서 실뭉치를 차야 했던 가난했던 소년이 브라질 제일의, 아니 세계의 내노라하는 거부들과 어깨를 나란히 할 수 있는 재산가가 된 것이다.

1958년 스페인 월드컵, 1962년 칠레 월드컵, 그리고 1970년 멕시코 월드컵까지 모두 브라질이 우승컵을 차지했다. 펠레의 눈부신 활약이 있었기 때문이었음은 말할 나위가 없는 일이었다. 특히 멕시코 월드컵은 그의 독무대였다고 해도 과언이 아니었다. 그는 세계인들에게 화려한 드리블과 통쾌한 헤딩슛을 원 없이 선사했다. 월드컵 사상 최초인 100번째 골을 성공시킨 것도 바로 멕시코 월드컵에서였다.

이런 활약에 힘입은 브라질은 통산 세 번이나 우승함으로써 4년만 소장해야 하는 우승컵을 영구 소장하는 영광을 안았다. 펠레는 '축구 황제'라는 영예로운 별칭을 얻기도 했다. 그의 이름은 세계 축구의 대명사가 된 것이다. 1969년 11월 19일에는 A매치 통산 1천 골이라는 대기록을 세우기도 했다.

자신의 삶을
마음껏 구가하다

*

177.9㎝의 키에 몸무게 75.6㎏의 펠레는 그저 보통 체격의 사람이었다. 오늘날 세계를 주름잡는 숫터들의 키가 보통 180이 넘는 것을 감안하면 작은 편에 속했다. 하지만 신체는 그가 축구를 하는 데 조금도 문제가 되지 않았다. 그에게는 아버지에게서 물려받은 재능이 있었고, 끊임없이 연구하고, 꾸준히 연습하는 노력이 있었기 때문이었다.

그는 누구나 인정하는 뛰어난 재능을 가지고 있었지만 한시도 연습을 게을리 한 적이 없었다. 자신의 재능을 과신하지 않았던 것이다. 한번도 거드름을 피우는 일 없이 항상 초심을 잃지 않았다.

경기장에 나서면 상대방의 마음을 읽어냈고, 앞으로 진행될 경기 흐름을 적확히 예측했다. 그러나 그것은 타고난 재능의 일부였다. 그럼에도 펠레는 피나는 연습과 기술 개발에 전력했다.

은퇴 후에는 자서전을 출판하고, 여러 편의 기록영화에도 출연하는 등 여러 분야에서 다양한 모습을 보여주었다. 특히 브라질 체육부 장관으로도 일했다.

뛰어난 축구 선수, 굴지의 재산가, 그리고 한 나라의 장
관……. 펠레는 다양한 이름으로 불리고 있다. 하지만 호칭은
다르더라도 변하지 않은 것이 있다. 가난을 딛고 가장 높은 곳
을 차지한 멋진 인생의 주인공이라는 것 말이다.

생각노트

　　펠레의 성공은 재능과 땀이 함께 이뤄낸 멋진 하모니였습니다. 만약 이 둘 중 하나가 부족했더라면 그는 결코 지금의 펠레가 될 수 없었을 것입니다.

펠레의 명성은 아직도 사라질 줄 모릅니다. 그만큼 화려한 축구 실력을 뽐냈던 최고의 선수였기 때문입니다. 그러나 그를 명예롭게 한 것은 축구 실력 때문만이 아니었습니다. 언제나 성실했다는 점도 높이 평가되고 있습니다. 사람들은 그가 이룩한 성과보다 그의 모습에서 우러나오는 진실함에 박수를 보내고 있는 것입니다. 그 점이 역사 속으로 사라져간 많은 축구 영웅들과 다른 점입니다.

자신의 재능을 너무 과신하지 마세요. 재능보다 더 중요한 것은 땀과 열정입니다. 땀과 열정이 없으면 신이 아무리 뛰어난 재능을 주었다 해도 그대로 사라져버릴지 모릅니다.

세계 최고의

권투 헤비급

챔피언

. . .

무하마드
알리

Muhammad Ali (1942~)

헤비급 세계 챔피언, 프로복싱 사상 최고의 영웅.
주요 수상: 로마 올림픽 라이트 헤비급 금메달 (1960)

미국흑인빈민가에서
태어나다

✛

알리는 1942년 미국에서 태어났다. 그것도 인종차별이 가장 심했던 켄터키 주 루이빌 흑인빈민가에서. 그의 본명은 캐시어스 마셀러스 클레이Cassius Marcellus Clay였다.

그가 처음 권투를 배운 것은 13세 때였다. 동네 불량배들로부터 자신을 보호하기 위해서 마지못해 시작했다. 그를 가르친 사람은 아일랜드계 경찰이었다. 알리는 권투 선수로서 천부적인 재능을 가지고 있었다. 권투 선수의 생명이라고도 할 수 있는 유연성과 스피드에서 뛰어난 자질을 보였다. 뿐만 아니라 강인한 의지와 끈기를 지고 있었다.

그는 권투도장에서 사춘기를 보냈다. 그 결과 17세 어린 나이에 골든 글러브Golden Gloves 챔피언이 될 수 있었다. 이어서 1960년 로마 올림픽에서는 라이트 헤비급 금메달을 획득했다. 그때 겨우 18세였다.

그는 국민적 영웅이 되어 고국으로 돌아왔다. 어릴 적 꿈을 이뤘다고 믿었다. 그런데 그런 그의 생각에 찬물을 끼얹는 일이 일어났다. 백인 전용 레스토랑에서 흑인이란 이유로 출입을 거절당했던 것이다. 그는 분노와 치욕을 참을 수 없었다. 극도로 분노한 그는 자신이 딴 금메달을 허드슨 강에 던져버렸다. 올림픽 금메달도 인종차별이나 가난을 벗어나게 하지 못한다는 데 실망했기 때문이었다. 그 일은 그를 더욱 강한 사람으로, 주관이 뚜렷한 청년으로 성장하게 해주었다.

헤비급
세계 챔피언

✢

알리는 1964년에 역사적인 타이틀매치를 벌여 당시 헤비급 세계 챔피언이었던 리스톤을 누르고 챔피언이 되었다. 권투 역사상 두 번째로 나이 어린 챔피언이 된 것이다. 경기 후 그는 사람들에게 자신이 이슬람교도임을 공표한 후 '무하마드 알리'로 불러달라고 했다.

챔피언이 된 후 알리는 무려 아홉 번이나 방어전에 성공하며 타이틀을 지켜냈다. 그때 베트남 전쟁이 시작되었다. 많은 젊은이들이 머나먼 아시아로 떠나갔다. 그러나 알리는 종교적 신념에 따라 참전을 거부했다.

"이 전쟁은 평화의 문제가 아니라 힘의 문제다. 나와 내 민족을 공격하지 않은 이들을 왜 내가 공격해야 하는가?"

알리는 끝내 징집을 거부했고, 결국 3년 반 동안이나 선수 자격은 물론이고 챔피언벨트까지 박탈당했다. 출국도 허락되지 않았다.

알리의 시련은 여기에서 끝나지 않았다. '알리'라는 이름을 사용할 권리를 막는 사람들과도 대적해야 했던 것이다. 알리는 혁명가가 아니었다. 단지 인종과 국적을 넘어 모든 사람들의 인권이 존중받기를 원했을 뿐이었다. 그는 자신의 신념을 굽히지 않고 3년 5개월의 긴 싸움을 벌였다. 그리하여 1971년, 마침내 무죄선고와 함께 선수 자격을 되찾았다.

그는 다시 사각의 링에 섰다. 당시 챔피언이었던 조 프레이저에게 도전했으나 결과는 실패였다. 그로부터 3년 후 '무쇠주먹'이라 불리던 24세의 챔피언, 조지 포먼에게 다시 도전했다. 알리의 승리를 믿은 건 알리 자신뿐, 사람들은 하나같이 포먼의 승리를 장담했다. 그러나 알리는 자신을 조롱하는 사람들을 향해 자신이 이길 거라고 외쳤다.

경기가 시작되자 사람들은 놀라운 광경에 입을 다물지 못했다. 아무도 꺾을 수 없을 거라던 무쇠주먹 포먼을 알리가 10회에서 KO로 눕혀버린 것이다. 알리는 10년 전 부당하게 빼앗긴 챔피언벨트를 되찾았다. 1978년 레온 스핑크스에 판정패를 당했지만 그는 불굴의 투지로 다시 일어났고, 결국 그해 겨울 리턴매치에서 승리하여 세 번째로 헤비급 챔피언이 되는 위업을 달성했다.

무하마드 알리의 성공열쇠

✦

프로 통산 전적 61전 56승(37 KO) 5패. 그의 기록은 누구도 쉽게 깨뜨릴 수 없으며, 앞으로도 없을 것이다. 그래서 많은 권투 전문가들은 그를 '역사상 가장 위대한 헤비급 챔피언'이라고 했다.

하지만 그가 최고의 인기를 누릴 수 있었던 것은 권투 선수로서의 업적 때문만은 아니었다. 거침없고, 예술적 감각이 넘쳤던 말솜씨가 그를 더욱 돋보이게 했던 것이다.

"나비처럼 날아서 벌처럼 쏘겠다."

"나는 복싱보다 위대하다."

"나는 당신들이 원하는 챔피언이 아닌, 내가 원하는 챔피언이 될 것이다!"

그의 말에 사람들은 열광했다. 어떻게 해야 사람들의 마음이 움직이는지 잘 알고 있었던 그의 말 한 마디 한 마디는 언론에 대서특필 되었고, 그의 인기는 그야말로 하늘을 찔렀다. 그는 지금까지도 복싱의 영웅이자 불굴의 상징으로 기억되고 있다. 특히 흑인들에게는 꿈의 상징이기도 하다.

링 위에서는 화려한 조명과 사람들의 환호를 받는 영웅이었고, 링 밖에서는 수백만 달러를 대학과 단체에 기부하는 사회사업가였다. 지금은 비록 은퇴하여 병마와 싸우고 있는 힘없는 노인이 되었지만, 우리의 가슴속에서 알리는 언제나 두 손을 번쩍 들어 올린 채 환호하는 챔피언이다.

알리는 천부적으로 뛰어난 권투 선수였습니다. 하지만 그를 챔피언으로 이끈 것은 재능이 아니라 꾸준한 연습과 인내였습니다. 누구도 흉내낼 수 없는 가벼운 발놀림과 날카롭고 다채로운 펀치, 천재적인 경기 센스는 한마디로 피나는 연습의 결과였습니다.

알리는 신념이 강한 사람이었습니다. 자신의 신념에 반하는 것과 싸우는 것을 마다하지 않았습니다. 불의와 싸웠고, 잘못된 편견과 싸웠습니다. 그리하여 승리를 거머쥐었습니다.

알리는 자신과 자신을 둘러싼 사회에 대해서도 잘 알고 있었습니다. 때문에 자신의 영달만을 위해 살지 않고 약자의 편에 서서 그들을 도왔습니다. 이처럼 진정한 영웅은 힘에 의해 탄생되는 것이 아닙니다. 타인을 위하는 진실된 마음에 의해 탄생되는 것입니다.

NBA를

호령한

농구황제

...

마이클조던

Michael Jardan(1963~)

농구선수, NSA 올스타 12회, 샬럿 밥개츠 구단주.
2009 명예의 전당에 헌액.

1990년대를
지배하다

✛

조던은 미국의 NBA는 물론 전세계에서 가장 훌륭하다고 평가받는 농구선수다. 그러나 어린시절부터 그렇게 빼어나지는 못했다. 동네 친구들과 길거리농구를 하면서 흥미를 갖긴 했으나 농구를 하는 데 절대적 조건이 되는 신장도 큰편이 못되었고, 기술 또한 연마되지 못해 고등학교 농구부원 선발 테스트에서 실패하는 아픔을 겪었다. 오죽하면 같은 농구선수였던 형, 래리 조던의 반만이라도 따라갔으면 좋겠다는 바람에서 백넘버를 형의 백넘버 45의 반인 23으로 정할 정도였다. 그러나 포기하지 않고 농구선수로서의 꿈을 키우며 노스캐롤라이나대학에 들어간 그는 하루에 슈팅 연습을 만 개나 하면서 꾸준히 노력한 덕택으로 2~3학년 때는 연속으로 전미 대학 최고선수로 뽑혔다. 그때는 키도 어느덧 198cm로 자라 있었다.

대학 졸업 후에는 드래프트 3순위로 시카고 불스에 입단했다. 그가 주전 멤버로 활동한 불스는 1991년, NBA 결승에서 당시 최고 팀으로 평가받던 LA레이커스를 이기고 팀 창단 이후 처음으로 왕좌에 올랐다. 그리고 내리 3년 동안 우승을 거듭했다. 모두 그의 공로가 아닐 수 없었다.

그렇게 승승장구하던 그에게 시련이 닥쳤다. 아버지가 불행하게도 10대 강도에 의해 살해당했던 것이다. 충격을 받은 그는 농구선수에서 은퇴를 하고 야구선수로 외도를 시작했다. 그러나 그쪽에서 성공할 수 없었던 것은 어쩌면 당연한 일이었다. 그래서 1995년, 다시 불스로 돌아왔으나 팀은 많이 약화되어 있었다.

시카고 불스는 과거의 영광을 되찾고자 코트 위의 영원한 악동이자 리바운드의 왕으로 군림하던 데니스 로드맨을 영입하여 부흥을 시도했다. 과연 두 농구 호걸들은 기대를 저버리지 않고 3년 연속 승리를 안겨 주었다. 특히 95~96시즌에는 팀 승률을 무려 87.8%로 끌어올리고, 리그 72승을 거두게 하는가 하면 시즌 MVP, 올스타전 MVP, 파이널 MVP 등 트리플 크라운을 차지하여 이른바 시카고불스의 황금기를 이끄는 데 공헌했다. 또 조던 개인적으로는 리그 평균 30,4점을 획득하여 득점왕에 올랐다.

그후 그는 다시 은퇴를 했다가 2000년, 그동안 자신이 경영에 참여하고 있던 워싱턴 위저스 팀을 업그레이드시키기 위해 또다시 은퇴를 번복, 선수로 들어가 자신이 득점을 하기보다는 동료 선수들의 활동을 서포트하는 데 주력했다. 그러다가

40세라는 나이에서 오는 체력의 한계 때문에 2003년, 마지막으로 은퇴를 하고, 2010년부터는 샬럿 밥개츠 팀의 구단주로 활동하고 있다.

자기관리가철저한
모범생

조던은 NBA는 물론이고 세계 농구사에서도 가장 훌륭한 선수로 평가 받는다. 개인기가 워낙 뛰어나고 득점력이 높아서 그가 30점 이상 획득하지 못하도록 막는 수비수는 우수한 선수로 평가되었다. 그는 농구선수로 신장이 198cm라면 결코 결코 좋은 체격이라고는 할 수 없었지만 점프력이 뛰어나 체공 시간이 3초나 되었다. 사람이 실제 3초 동안 공중에 떠 있는 것은 거의 불가능한 일이다. 그래서 당시 대통령이었던 클린턴은, "그는 인간이 날 수 있다는 사실을 증명했다."고 감탄해마지 않았다.

그는 자기관리가 철저해서 사생활도 매우 모범적이었다. 부와 명예를 거머쥔 스타 운동선수들이 흔히 범하기 쉬운 술이나 마약은 물론 문신조차 하지 않았다. 시합을 위해서 경기장에 들어갈 때도 언제나 양복 정장을 하고 다녔다. 그런 그였지만 한번의 실수는 있었다. 거액의 내기 골프 사건에 연루되었던 것이다. 그는 곧바로 잘못을 인정하고 사과했지만 그때까지 잘 유지해오던 좋은 이미지에 먹칠을 하는 치명적인 오점이었다.

그는 가족을 매우 사랑했다. 특히 두 형들을 많이 따랐다. 그래서 2009년 자신이 명예의 전당에 오르는 기념연설에서, "나의 경쟁심은 두 형이 그 불씨를 지펴주었다."고 술회했다. 또 자신의 노력하는 태도에 대해서는, "시카고 불스 시절 팀 닥터가 나를 두고 감독에게 7분 만 뛰게 하라고 말했으나 나는 2시간 동안이나 연습을 했다."고 했다.

그는 유명세가 강력한 만큼 불편함도 없지 않았다. 그 대표적인 것이 그의 스폰서였던 운동제품 메이커 나이키 사와 경쟁사 리복 사와의 알력이었다. 자본주의 사회에서 운동선수가 광고에 나서는 것은 당연하다. 그러나 그것이 대의적 가치를 거스를 때는 비난을 받는다.

1992년 바르셀로나 올림픽 때 미국 농구팀은 우승을 하여 시상식장에 서게 되었다. 그런데 대표팀의 유니폼에 리복 사의 로고가 새겨져 있자 입기를 거부하다가 결국 성조기로 그 마크를 가리는 볼썽사나운 행동을 연출했다. 논란거리가 된 것은 당연했다.

생각 노트

조던은 농구계의 아이콘이었습니다. 누구나 인정하는 스타였기 때문에 경기장에 나서면 언제나 집중적인 마크를 받았습니다. 그래도 창의적인 플레이를 펼쳐 높은 점수를 획득했습니다. 그렇게 개인적으로는 우수해서 스타상을 받았으나 팀의 성적은 별로였습니다. 심각하게 고민을 하던 그는 중요한 사실을 깨달았습니다. 농구는 혼자 해서는 안되고 팀웍이 우선되어야 한다는 사실이었습니다. 그래서 동료들이 슛을 잘할 수 있도록 경기 방식을 바꿨습니다. 그 결과 1991년에는 우승을 했습니다.

진정한 스타플레이어는 팀의 멤버들이 제 기량을 제대로 발휘할 수 있게 서포트를 잘해주는 사람입니다.

그것은 어떤 조직에서나 마찬가지입니다. 혼자 독불장군으로 잘하는 것도 좋겠습니다만 전체가 동시에 잘하도록 융화시켜가는 사람이 더 바람직하고, 훌륭한 사람입니다. 더불어 살아가야 하는 현대사회에서는 더욱 그렇습니다.

메이저 리그

홈런왕

. . .

행크아론

Hank Aaron :Henry Louis Aaron.(1934~)

미국 야구선수. 통산 755개의 홈런으로 메이저 리그 역사상 최다.
1982년 명예의 전당에 헌액. 아론상 제정.

성실한노력으로
신화를쓰다

✦

　　홈런왕 아론은 아프리카계 미국인으로 아틀란타에서
출생했다. 대부분의 흑인들이 그렇듯이 그 역시 어려운 환경
에서 자랐다. 그래서 가난을 벗어나고자 야구선수가 되기로
작정하고 흑인들만으로 구성된 니그로 아메리칸리그 팀인 인
디애나폴리스 클론스에 들어가 유격수로 활동했다. 꾸준히 실
력을 연마한 덕택으로 1952년, 연봉 7500달러를 받고 보스턴
을 연고지로 삼고 있던 브레이브스에 입단, 프로 야구선수가
되었다.

　　그는 대단한 연습벌레여서 실력이 일취월장 발전하여 4년
후인 1956년에는 리그 타격왕에 올랐고, 1959~60년에는 두
번 연속 골든글러브상을 받았다. 또 1955년부터 1975년까지
는 한번도 빠지지 않고 올스타에 선정되었다.

　　그는 미국 메이저 리그 역사상 최다 홈런 기록 보유자이다.
1976년에 날린 755번째 홈런 기록은 아직도 깨지지 않고 있
다. 이렇게 전무후무한 기록을 세운 덕택에 1982년에는 명예
의 전당에 헌액되었다. 그리고 1999년에는 그의 업적을 기리

기 위해 그의 이름을 따서 아론상을 제정, 양대 리그에 관계없이 그해에 가장 우수한 성적을 발휘한 선수에게 주고 있다.

마크 맥과이어, 새미 소사, 배리본즈 등도 많은 홈런을 쳐서 유명하지만 그들은 대부분 스테로이드라는 약물의 힘을 빌려 작성한 기록이어서 그 가치가 높이 평가되지 못하고 있는 데 반하여 오직 본인의 노력만으로 세운 그의 기록은 순수성이 있어 더욱 빛이 난다.

그의 기록을 보면 23시즌 동안 3,298게임에 참가하여 2,297개의 타점을 올리고, 삼진은 1,323번, 통산 타율은 30.5%이었다.

인종차별을 극복한 강인한 의지

중

그는 홈런 기록을 경신할 즈음 백인 우월주의자들로부터 당시 기록보유자였던 백인의 영웅 베이브루스의 714개 기록을 깨지 말라는 협박을 숱하게 받았다. 그러나 1974년 4월 8일, LA 다저스와의 경기에서 715호의 홈런을 날려 49년 만에 새로운 역사를 쓰자 모든 사람들이 한결같이 그를 칭송하기 시작했다.

모든 기록은 깨어지기 마련이다. 따라서 그의 기록도 영원할 수는 없다. 하지만 그가 남긴 기록은 오로지 땀으로 이루어졌기에 그 의미는 많은 사람들의 뇌리에서 오래토록 사라지지 않을 것이다. 그는 한 인터뷰에서 다음과 같이 말했다.

"정신이 아득해질 만큼 연습을 하고나면 나도 모르는 능력이 생긴다. 즉 투수가 공을 던지기 전에 그 공이 직구인지 커브인지 파악이 되는 것이다. 그러면 그 공은 수박만큼 크게 보인다. 그래서 홈런을 칠 수 있었다."

또 자신의 성실성을 짐작케 하는 말도 남겼다.

"날보고 최선을 다하는 선수라고 말하는 것은 칭찬이 아니라 모독이다. 왜냐하면 내가 그렇게 하는 것은 선수로서 당연하고 가장 기본적인 것이니까."

그는 은퇴 후 후진 양성에도 관심이 많아서 1981년에는 서울로 날아와 우리나라 고교 야구선수 중 유능한 선수를 스카우트하기 위해 황금사자기 쟁탈 고교야구경기를 참관하기도 했다.

생각 노트

　　한 사람이 어떤 분야에서 두각을 나타내기까지에는 많은 사연이 있기 마련입니다. 그 사람이 성장하기까지의 환경과 부모의 영향, 공부를 해온 과정, 그가 가지고 있는 가치관과 사상 등등. 그러나 이러한 모든 것보다 선행되어야 하는 것은 목표를 이루고자 하는 강인한 의지입니다. 현실의 갖가지 난관들을 아울러 다스리는 강한 의지가 있어야 지향하는 목표를 향해 나아갈 수 있는 것입니다.

행크 아론이 뭇사람들로부터 존경을 받는 야구선수로 성공할 수 있었던 것은 강인한 의지 때문이었습니다. 흑인이기에 받아야 했던 인종차별적 괄시와 부유하지 못했기에 감당해야 했던 여러가지 어려움을 인내하고 극복하는 의지가 없었더라면 그도 그저 평범한 사람으로 그쳤을 것입니다.

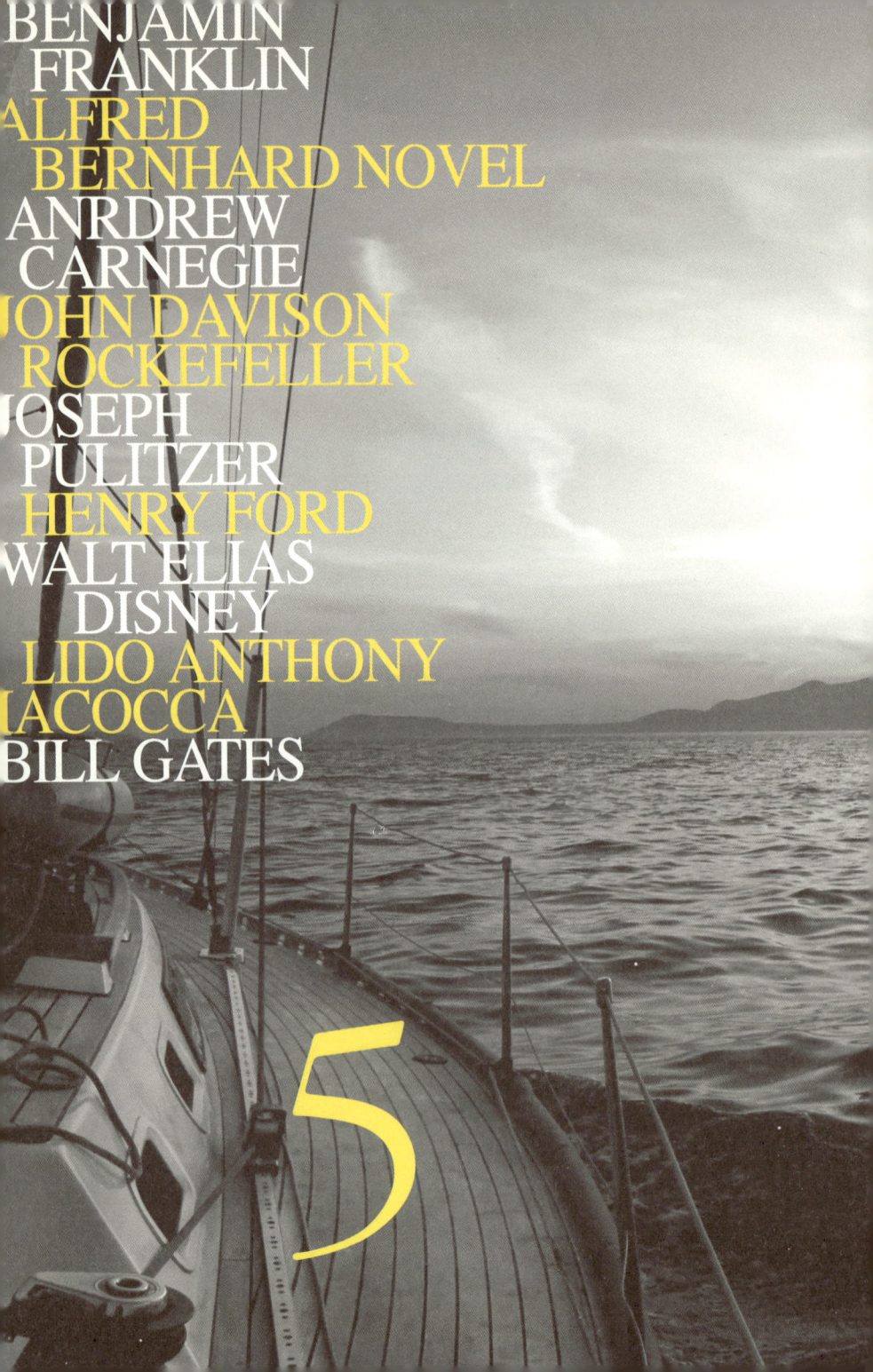

BENJAMIN
FRANKLIN
ALFRED
BERNHARD NOVEL
ANRDREW
CARNEGIE
JOHN DAVISON
ROCKEFELLER
JOSEPH
PULITZER
HENRY FORD
WALT ELIAS
DISNEY
LIDO ANTHONY
IACOCCA
BILL GATES

5

세계를
움직인
마이다스의손

가난을

성공으로 이끈

신화의 주인공

. . .

벤자민
프랭클린

Benjamin Franklin (1706~1790)

미국의 정치가, 과학자, 문필가.
대표 저서 : 《가난한 리처드의 달력 Poor Richard's Almanac》,
《프랭클린 자서전 The Autobiography of Benjamin Franklin》

가난한 인쇄공

✦

　　1706년 보스턴에서 태어난 프랭클린은 가난한 집안 형편 때문에 공부를 할 수 없었다. 대신 어린 시절부터 아버지가 경영하는 양초와 비누 제조업을 도와야 했다. 그러다가 형이 운영하는 인쇄소에서 견습공으로 일하기 시작했다. 그 일은 어린 그가 하기에는 매우 힘들고 벅찬 일이었지만 긍정적이고 능동적인 성격 덕분에 잘 이겨낼 수 있었다. 힘든 일 틈틈이 책을 읽으며 필요한 지식을 쌓았고, 대화하는 법과 글 쓰는 법에 대해서도 스스로 터득해나갔다.

　　하지만 폭력은 견딜 수 없었다. 때문에 다소 과격한 성격의 형과 자주 충돌을 일으켰고, 때문에 17세가 되던 해에 가출을 해 필라델피아로 갔다. 가진 것 없고, 경험도 없었기 때문에 하루하루를 견디기가 쉽지만은 않았다. 믿었던 친구에게 상처를 받기도 하고, 어렵게 모은 돈을 떼이기도 했다. 또 떠벌리기 좋아하는 사람의 말을 곧이곧대로 믿고 연고도 없는 영국으로 가기도 했다.

하지만 그는 자신의 과오를 인정할 줄 알고, 그 과오를 딛고 일어날 줄 아는 사람이었다. 그에게 포기란 없었다. 다시는 같은 과오를 되풀이하지 않겠다는 굳은 각오만이 있었을 뿐이었다.

남을위하는것이
자신을위하는일이다

✛

프랭클린처럼 다방면에 뛰어난 능력을 발휘한 사람은 흔치 않을 것이다.

그는 어린 시절부터 배웠던 인쇄술을 기반으로 1729년 〈펜실베이니아 가제트Pennsylvania Gazette〉지를 인수하여 경영자가 되었다. 편집에도 직접 참여하는 열의를 보이며 대중을 이끄는 지식인으로 이름을 날리기 시작했다.

또 공공의 이익을 위한 사업에도 관심이 많았다. 미국 최초로 회원제 도서관을 만든 것도, 또 펜실베이니아대학교의 전신이었던 필라델피아 아카데미를 창설한 것도 그였다.

뿐만 아니라 그는 유명한 발명가였다. 고성능의 '프랭클린

난로'를 발명하였고, 획기적인 피뢰침을 발명하여 명성을 떨쳤다. 또 지진의 원인을 연구하는 과학자이기도 했다. 연을 이용한 실험을 통해 번개와 전기의 방전은 동일한 것이라는 가설을 증명하고, '전기유기체설'을 제창한 것도 프랭클린이었다. 덕분에 영국에 거주하지 않는 사람으로는 최초로 영국왕립학회 회원에 선정되어 영국 최대의 명예인 코플리상도 받았다.

그러나 자신은 그저 겸손한 사람일 뿐이었다. 타인을 위하는 일이 곧 나를 위하는 일이라고 생각했다. 그래서 남과 쓸데없는 논쟁을 하지 않았고, 남을 비판하거나 업신여기는 일도 하지 않았다. 항상 남의 말에 귀를 기울이고 배려하였으며, 자신을 과신하거나 교만하게 굴지 않았다.

도전과 열정, 그리고 성공이라는 법칙

한편 프랭클린은 뛰어난 정치가이자 행정가였다. 체신장관이 되어 우편제도를 새롭게 개선하는가 하면, 올리버 회의에 펜실베이니아 대표로 참석하여 최초로 '식민지 연합안'을 제안

하기도 했다. 또 영국에 파견되어 식민지에 '자주 과세권'의 획득과 인지조례를 철폐시켰다.

1775년에는 '대륙대회'의 펜실베이니아 대표로 뽑혔고, 1776년에는 독립기초위원에 임명되었다. 그해 프랑스로 건너가 아메리카와 프랑스의 동맹을 성립시키면서 프랑스로부터 재정 원조를 얻어내는 성과를 올렸다. 프랭클린은 그 후에도 1783년 파리조약에 미국 대표, 1785년 펜실베이니아 행정위원회 위원장, 1787년 헌법회의에 펜실베이니아 대표로서 많은 활약을 했다.

미국이 아직 식민지였던 시절, 식민지 아메리카를 위해 헌신적으로 일하는 그를 사람들은 존경했고, 성원과 갈채를 아낌없이 보내주었다. 그러나 그는 명예를 얻기 위해 그런 일을 한 것이 아니었다. 불합리한 것, 정의롭지 않은 것과 싸웠을 뿐이다. 때로는 거대한 벽에 부딪혀 쓰러지기도 했다. 하지만 그의 마음속에는 정의에 대한 확신이 있었다. 그것이 그에게 도전할수 있는 열정을 주었고, 그것이 성공을 만들어주었다.

생각 노트

프랭클린은 겸손한 사람이었습니다. "앉아 있는 신사보다 서 있는 농부가 더 훌륭하다."고 말할 정도였습니다. 자신을 과신하거나 교만하게 굴지 않았으며, 남을 비판하거나 불필요한 논쟁을 하지도 않았습니다. 논쟁을 위한 논쟁은 감정만 상하게 할 뿐 상대를 설득할 수 없다는 것을 잘 알고 있었던 것입니다. 누군가와 생각을 같이 하고 싶다면 겸손한 태도로 그의 말을 끝까지 듣고 진심으로 이해하려고 해보세요. 그래도 그의 의견에 동조할 수 없다면 조심스럽게 말하는 겁니다.

"내 생각에는 이런 게 아닐까 싶은데 네 생각은 어때?"

프랭클린은 평등주의자였습니다. 종교나 인종으로 편 가르는 법이 없었습니다. 우리는 많은 갈등 속에서 살고 있습니다. 정치적으로, 계층적으로, 인종적으로……. 하지만 프랭클린에게 그런 것은 중요하지 않았습니다. 정의와 공리, 이 두 가지로만 세상을 보았습니다. 피부색이 아닌 그 사람의 내면을 보도록 하십시오. 가진 재산 말고 그 사람의 됨됨이를 보십시오. 그러면 여러분에게도 진정한 친구가 생길 것입니다.

노벨상을

　제정한

인류의 횃불

. . .

알프레드
베르나르드 노벨

Alfred Bernhard Novel (1833~1896)

스웨덴 출신 발명가, 사업가.
주요 활동 : 무연화약 및 다이너마이트 발명, 노벨상 제정

사랑과관심 속에서

1833년, 스웨덴의 스톡홀름, 한 사내아이가 태어났다. 아이는 태어날 때부터 몸이 약했다. 여덟 명이나 되는 자녀들 중 이미 네 명이나 잃어야 했던 아이의 부모는 그 아이마저 잃고 싶지 않았다. 그래서 아이에게 무슨 변고라도 생길까 봐 늘 긴장을 풀 수가 없었다. 하지만 아이는 그런 염려를 제치고 무럭무럭 자랐다. 물론 부모의 사랑과 극진한 보살핌으로. 그 아이가 바로 노벨상을 이 세상에 있게 해준 알프레드 베르나르드 노벨이었다.

노벨의 아버지는 발명가이자 공학자였다. 그는 사업에 실패하자 가족을 놔둔 채 홀로 러시아 상트페테르부르크로 가서 평소 관심의 대상이었던 폭탄을 제조하는 데 성공을 했다. 지적 호기심이 많았던 노벨은 그런 아버지에게서 공학의 기초를 배웠다. 상트페테르부르크에 가족이 정착하자 노벨은 부모의 배려로 개인 가정교사를 두고 공부했다.

노벨은 총명했다. 16세가 되었을 때에는 화학에 있어서는 더 이상 가정교사가 가르칠 것이 없을 정도였다. 또 영어, 프랑스어, 독일어, 러시아어에도 능통했다. 부모의 사랑에 보답이라도 하듯 많은 학문을 성공적으로 익혀나갔다.

절망과 슬픔을 딛고

✤

노벨이 프랑스 파리로 유학을 떠난 건 1850년이었다. 보다 많은 것은 배우고 싶다는 욕망으로 파리로 가서 1년간 화학을 공부한 그는 같은 이유로 다시 미국으로 가는 배에 올랐다. 미국에서 장갑함 모니터호를 만든 발명가 존 에릭슨 밑에 들어가 기계공학에 대해 본격적으로 배웠다.

그 후 러시아로 돌아와 당시 크림전쟁에 사용되던 군수물품을 만드는 아버지의 공장에서 일을 시작했다. 하지만 일한 지 3년 만에 회사가 파산을 하는 바람에 부모와 함께 스웨덴으로 돌아와야 했다.

노벨은 좌절하지 않고 다시 일어섰다. 아버지 소유의 땅에 조그만 실험실을 짓고 밤낮으로 폭탄을 개량하는 연구에 몰두했다. 그리고 마침내 니트로글리세린의 취약점인 이상 폭발을

막는 장치인 뇌관을 발명했다. 그로 인해 마침내 발명가로서의
명성을 얻을 수 있었다.

하지만 그의 폭약에는 아직도 결정적인 문제가 남아 있었
다. 니트로글리세린이 액체였기 때문에 운반과 취급이 어려웠
고, 잘못하면 폭발할 수도 있었던 것이다.

결국 우려했던 일이 현실로 나타났다. 그의 공장에서 폭발
이 일어났고, 그 와중에 동생과 많은 직원들을 잃고 말았다. 그
는 그 사건으로 더욱 연구에 박차를 가했다. 그 결과 1867년,
니트로글리세린을 규조토에 스며들게 함으로써 안정성을 높인
폭약을 완성했다. 그것이 바로 다이너마이트이다. 먼저 발명한
폭탄이 안고 있던 안전의 취약성을 말끔히 해결해주는 놀라운
발명이었다. 그는 거기에서 멈추지 않고 또 다시 연구에 몰두
하여 '무연화약'을 완성시켰다.

나는 나일 뿐,
남과 같지 않다

✢

다이너마이트의 발명은 그에게 세계적 명성을 안겨주었다.

유럽 전역에 다이너마이트 제조공장이 세워졌는데, 그 수가 폭탄과 폭약을 합해서 90여 곳을 넘었다. 가히 폭탄제국이라 할 만 했다.

그가 만든 제품은 날개 돋친 듯이 팔려나갔다. 탄광에서 갱도를 넓히기 위해, 터널 공사장에서 산을 뚫기 위해 그의 다이너마이트를 원했다. 굴착공사, 수로 발파, 철도 및 도로건설에도 사용되었다. 다이너마이트는 이전의 폭약에 비해 안전했고, 성능도 훨씬 뛰어났기 때문이었다.

그런데 그의 폭약들을 원한 곳이 또 있었다. 바로 전쟁터였다.

노벨은 근본적으로 평화주의자였다. 그래서 자신이 발명한 폭약이 전쟁을 종식시키는 데 기여하기를 바랐지 사람을 살상하는 무기로 전락하는 것을 원하지 않았다. 그런데 그의 의도와는 달리 전장에서 사람을 죽이는 무기로 쓰이자 마음이 여간 아픈 게 아니었다. 그래서 남 몰래 유언장을 작성해 스톡홀름의 한 은행에 보관해두었다.

그가 세상을 떠나고 유언장이 공개되었을 때 가족과 친지는 물론 세계의 모든 사람들이 깜짝 놀랐다. 자신이 남긴 재산의 대부분을 기금으로 남기니 그것으로 '인류복지에 공헌한 사람들에게 나누어주라'는 것이었다.

그 유언은 그가 원한 대로 이행되었다. 스웨덴에서 그의 이름을 따서 노벨상을 제정하고 1901년부터 물리학, 화학, 의학, 문학, 평화, 경제학에서 공헌한 사람을 부문별로 한 명씩 뽑아 상을 준 것이다.

이제 노벨상은 세계적으로 가장 권위 있는 상으로 인정받고 있다. 이는 노벨이 더 나은 인류의 미래를 위해, 평화를 위해, 자신의 전재산을 아낌없이 내놓았기 때문에 가능한 일이었다. 노벨은 노벨상을 통해 지금도 살아서 평화와 인류 공헌하고 있다.

생각 노트

　　노벨은 평화를 원했습니다. 자신의 발명품이 전쟁 무기가 되리라고는 꿈에도 생각하지 않았습니다. 그러나 사람들은 그의 발명품을 이용하여 사람을 죽였습니다. 크게 죄책감을 가진 그는 유산을 기금으로 인류평화에 공헌한 사람을 시상하는 상을 제정했습니다.

　　간혹 자신이 의도와는 전혀 관계없이 일이 엉뚱한 데로 흘러가기도 합니다. 그러나 변명하거나 좌절할 필요는 없습니다. 변명으로는 아무것도 해결할 수 없습니다. 솔직히 잘못을 시인하고 당당하게 나아가십시오. 그리고 그 과오를 없앨 수 있는 새로운 방법을 찾으십시오. 자기만의 이익을 위해 사는 사람은 더 큰 발전을 이룰 수 없습니다. 넓게, 많이, 그리고 따뜻하게 보는 눈이 보다 더 큰 세상으로 안내할 것입니다.

신념을

실천한

강철왕

. . .

앤드류카네기

Andrew Carnegie (1835~1919)

미국 철강회사 창업주, 사회사업가.
주요 저서 : 《사업의 왕국 The Empire of Business》,
《승리의 민주주의 Triumphant Democracy》, 《오늘의 문제 Problems of Today》

가난을
성공의 에너지로 삼다
✦

1835년, 스코틀랜드에서는 훗날 대사업가가 되는 카네기가 가난한 한 직공의 아들로 태어났다. 학교를 다니는 대신 어려서부터 가족을 위해 일을 해야 했던 그에게 배고픔은 일상이었다. 그러던 어느 해, 그러니까 그가 13세가 되던 해에 그의 아버지는 큰 결심을 했다. 미국으로 가는 것이었다. 그들에게 미국은 꿈의 나라였다.

카네기의 가족이 정착한 곳은 펜실베이니아 주의 피츠버그였다. 카네기가 그곳에서 선택한 일은 방직공장에서 천을 짜는 일이었다. 일은 고됐지만 타고난 은근과 끈기로 버텨낼 수 있었다. 하지만 참을 수 없는 것이 있었다. 바로 공부에 대한 갈망이었다. 그래서 공부와 병행할 수 있는 일을 찾아 피츠버그 전신회사에 전보배달원으로 취직했다. 다행히 그 일은 틈틈이 책을 읽고, 공부도 할 정도로 시간적 여유가 있었다. 카네기는 시간이 날 때마다 열심히 책을 읽으며 지식을 습득했다. 그런 모습에 감동한 회사의 상관 앤더슨 대령은 그가 책을 자유롭게 읽을 수 있게 자신의 독서실 이용을 허락해주었다.

"앤더슨 대령은 나의 최초의 은인이죠. 그의 도움으로 부족한 교양과 지식을 쌓을 수 있었습니다."

훗날 성공한 카네기는 이렇게 말하며 자신에게 도움을 준 앤더슨 대령에게 감사를 표했다. 가난은 카네기에게 있어 고통의 멍에가 아니라 성공으로 갈 수 있도록 이끌어준 희망의 에너지였다.

성공의 발판을 만들다

독학을 하며 지식을 쌓던 카네기에게 운명 같은 사건이 일어났다. 전신기사가 잠깐 자리를 비운 사이 전신이 들어왔던 것이다. 카네기는 그간 어깨 너머로 배운 실력으로 어렵지 않게 전신을 받았다. 그 일이 해서 그는 단번에 배달원에서 전신기사로 승진하게 되었다. 그에 따라 주급도 배로 올랐다.

그런데 얼마 후 오하이오 전신회사로 자리를 옮긴 그에게 같은 일이 또 일어났다. 그는 지배인인 토마스 스코트의 보조로 일하고 있었는데, 지배인이 외출한 사이 갑자기 사고 소식을 알리는 전신이 들어오기 시작했다. 어느 역에서 열차 충돌 사고가 일어났다는 내용이었다. 만약 발차 시간을 변경하지 않으면 연쇄적으로 사고가 일어날 상황이었다. 이런 경우 전신이 한 자라도 틀리면 큰 낭패였다. 때문에 보통은 최고의 전신기사가 타전해야 했지만 그 일을 할 지배인이 없었다. 그야말로 위기일발의 순간이었다. 카네기는 용기를 내서 각 역에 타전을 했다. 문책을 당할 일이었지만 사람들을 살리는 게 먼저라고 생각했던 것이다. 다행히 카네기의 활약으로 아무 사고 없이 끝날 수 있었다. 때문에 문책을 당하지도 않았다.

"자네의 신속한 조치가 회사와 나를 살려주었네. 나는 자네의 용단에 아무 책임도 묻지 않겠네. 그리고 자네를 내 비서로 임명하겠네." 스코트 지배인은 카네기를 크게 칭찬하며 승진까지 시켜주었다.

세계 제강업계를 장악하다

카네기는 스코트의 비서로 일하면서 많은 정보를 입수할 수 있었다. 그가 발견한 새로운 정보는 앞으로 제강업계가 크게 성장하리라는 것이었다.

카네기는 제강에 대한 공부를 위해 영국으로 가서 획기적인 '베서머 제강법'을 연구하고 다시 돌아와 제강소를 설립했다.

카네기의 예상은 들어맞았다. 그의 사업은 점차 규모가 커졌다. 그러나 카네기는 질 좋은 강철을 생산해내기 위한 연구를 멈추지 않았다. 연구의 성과는 대단해서 그의 철강이 최고라는 소문이 나자 세계 각처로부터 주문이 쇄도했다. 사업은 순풍에 돛을 단 배처럼 나날이 발전해나갔다. 그러는 동안 어느새 세계 제일의 철강 사업가가 되어 있었다.

카네기는 많은 재산을 벌었으나 늘 검소하게 생활한 것으로 유명하다. 또 사업을 하느라 결혼도 52세 때에야 했다. 그만큼 바쁘게 살았기 때문에 사업에서 성공할 수 있었던 것이다.

그런데 그는 또 다시 사람들을 깜짝 놀라게 했다. 그의 나이 66세 때 회사에서 물러나더니 평생 피땀 흘려 번 돈을 사회에 환원하기 시작한 것이다. 학교와 도서관을 짓고, 재정적 후원을 아끼지 않았다. 그는 돈을 가치 있게 쓸 줄 아는 사람이었다. 그는 사회로부터 얻은 재산은 사회에 환원해야 한다는 평소의 신념을 실천한 위대한 인물이었다.

생각 노트

카네기는 학교를 다닐 수조차 없는 가난한 환경에 서도 불평하지 않았고, 힘든 일을 하면서도 미래를 위해 늘 공부를 했습니다. 공부를 독학으로 했지만 그의 실력은 아주 우수해서 누구에게도 뒤지지 않았습니다. 이렇듯 공 부는 환경에 상관없이 자신의 열정과 노력으로 이루어내 는 것입니다. 좋은 학원을 다니고, 좋은 가정교사를 두는 것은 여러 조건 중 하나에 불과합니다. 공부를 하는 것은 결국 자기 자신인 것입니다.

카네기는 절약하고 검소한 생활을 했습니다. '20가지 금 언'을 만들어 실천했을 정도로 자신에게 엄격했습니다. 그 런 삶의 자세는 그에게 바른 길을 가게 했고, 가난하고 소 외받은 사람들을 위해 헌신하게 했으며, 재산을 가치 있게 쓰게 했습니다.

타인에게 엄격한 것은 쉬운 일입니다. 그러나 나 자신에게 엄격한 것을 결코 쉽지 않습니다. 자기 자신에게 엄격할 수 있을 때 더 많은 것을 이뤄낼 수 있습니다. 카네기처럼 말입니다.

기부문화의

실천자

. . .

존데이비슨
록펠러

John Davison Rockefeller (1839~1937)

미국의 석유 재벌, 자선사업가.
주요 활동 : 록펠러재단, 일반교육재단, 록펠러의학연구소 등 설립.

독실한 기독교
근본주의 교육을 받다

✦

　　록펠러는 1839년 뉴욕 주 리치포드의 가난한 가정에서 태어났다. 청렴하고 독실한 기독교인이었던 그의 부모는 성실하고 엄숙한 삶이 진실로 가치 있는 삶이라고 생각했다. 그래서 자녀들에게 스스로 모범이 되고자 했다. 그런 부모 밑에서 자란 록펠러는 자연스럽게 경건한 삶을 인생의 철학으로 삼게 되었다.

　　록펠러의 집안은 가난했다. 하지만 그 누구도 탓하지 않았다. 가난을 탓하고 부모를 원망하는 마음이라고는 눈곱만치도 없었다. 그것이 무가치한 일이라는 것을 너무도 잘 알고 있던 것이다. 자신에게 주어진 환경을 자연스럽게 받아들이고, 의지와 신념으로 가난한 삶을 극복하려고 노력했다. 어린 나이였지만 지혜로웠다.

　　록펠러는 고등학교를 마친 후 휴이트 앤 터틀이란 곡물회사의 경리로 입사했다. 그곳에서도 성실한 자세로 열심히 일했다. 삶의 근본을 일과 신앙에 두고 있던 그로서는 너무도 당연한 일이었다. 사람들은 성실한 사람을 좋아하는 법. 사람들은

그의 성실한 모습에 매료되었고, 그를 괜찮은 젊은이로 인정해
줬다.

포부를
실현하다

록펠러의 가슴엔 미래에 대한 포부가 있었다. 자신이 경영
하는 회사를 차리는 것이었다. 그 포부는 20세가 되었을 때 현
실화 시킬 수 있었다. 동료였던 모리스 클라크와 함께 '클라크
앤드 록펠러'라는 각종 음식과 생필품을 취급하는 회사를 설립
한 것이다. 그들은 성실한 자세로 고객을 가족처럼 대하며 신
뢰를 쌓아갔다. 자신을 낮춤으로써 사람들의 신뢰를 얻었고,
그 신뢰는 다시 커다란 경제적 이익으로 돌아왔다.

힘을 얻은 록펠러는 1863년 정유소를 세웠다. 당시는 남북
전쟁이 일어나 군수물자의 운송이 필요했던 시기였다. 그래서
석유의 수요가 급증할 때였다. 마침 클리블랜드 인근 타이터스
빌에서 유전이 발견되어 석유사업은 순풍에 돛을 단 것처럼 급
성장하기 시작했다.

록펠러는 발 빠르게 대처하여 사업을 확장시켰다. 예상대로 석유사업이 날로 번창하여 엄청난 돈을 벌게 된 그는 1870년, 31세의 젊은 나이에 자본금 1백만 달러로 '오하이오 스탠더드 석유회사'을 창업했다. 그리고 마침내 미국 석유시장의 95%를 장악하는 독점자본가로 성장했다.

록펠러는 이제 더 이상 예전의 경건했던 그가 아니었다. 모든 경쟁사를 무너뜨려 독점자본가로서 악명을 떨쳤다. 뿐만 아니라 자기 회사의 노동운동도 철저히 탄압했다. 그 결과 국민들에게 '당대에 가장 혐오스러운 인물'이라는 공격을 받았다. 정부도 더 이상 록펠러의 횡포를 방치할 수만은 없었다. 그래서 '독점금지법'을 만들어서 그의 횡포를 제지했다. 심지어 미국 연방법원은 1911년에 스탠더드 석유회사를 해체할 것을 명령했다. 하여 그의 석유 독점기업은 34개의 회사로 분할되고 말았다.

기부실천자로
거듭나다

✛

독실한 기독교 신자로서 철저한 청렴주의를 지향하던 록펠러는 사업을 하면서 초심을 잃고 탐욕스러운 마음에 빠져 사회로부터 지탄을 받는 사람이 되었다. 그는 엄청난 재력가가 되었지만 냉혹한 사람이라는 혹독한 비난을 받아야 했다.

그는 정부에 의해 기업이 분할되자 비로소 자신의 삶이 어린 시절에 세웠던 세운 철학에서 완전히 벗어났다는 것을 깨달았다. 생각 끝에 지금까지 돈을 버는 데 인생을 소비했던 삶의 방식을 앞으로는 인생을 가치 있게 살기로 바꿨다. 경영에서 물러난 그에겐 그 당시 10억 달러가 넘는 엄청난 재산이 있었다. 그는 '세계 인류의 복지 증진'이라는 슬로건을 내걸고 록펠러재단을 설립하고, 시카고대학의 설립에 6천만 달러를 기부했다. 또 3억 5천만 달러를 사회 곳곳에 기부했다. 또 그동안 자신이 행했던 실수를 만회하기라도 하듯 다양한 사회사업을 펼쳐나갔다.

그렇다고 자신의 죄가 다 씻겨 나갔다고 자만한 것이 아니라 어릴 적 부모의 가르침과 자신이 세웠던 철학을 묵묵히 실천해나가고자 했다.

지금 우리는 그를 이익을 독점하는 악덕 기업주가 아닌 성실하고 숭고한 사회사업가로 기억하고 있다. 그가 자신이 저지른 실수에 대해 진심으로 반성했기 때문이다. 철저한 자기 반성이 그를 미국 역사의 한 페이지를 장식하는 아름답고 따뜻한 주인공으로 만든 것이다.

생각 노트

록펠러는 어린 시절 엄격한 기독교 교육을 받았습니다. 또 검소한 생활을 배웠고, 성실한 자세를 배웠으며, 경건한 마음가짐을 배웠습니다. 그런 교육은 그를 위대한 사회사업가로 다시 태어나게 하는 밑거름이 되었습니다. 기독교인이었기 때문에 그런 것은 아닙니다. 모든 종교는 근본적으로 사랑을 실천합니다. 순수한 인간애가 선한 인간으로 성장할 수 있게 해준 것입니다.

록펠러는 악덕 기업주였습니다. 국민들의 냉혹한 지탄을 받고 경영에서 물러나야 하기도 했습니다. 그러나 그는 자신을 내몬 국민들과 정부를 원망하는 대신 자신의 삶을 돌아보고 철저하게 반성했습니다. 사람은 누구나 실수를 하기도 합니다. 그런데 성공은 그런 실수를 바탕으로 이루어집니다. 그러나 실수 그 자체가 곧바로 성공으로 이어지는 않습니다. 스스로 반성하지 않고, 내 잘못이 무엇인지 철저하게 파악하지 않고서는 실수는 그저 실수일 뿐입니다. 반성은 또 다시 같은 실수를 저지르지 않게 해줍니다. 그래서 한 걸음 앞으로 나가게 되는 것입니다.

노숙자에서

언론의 황제로

. . .

조셉 퓰리처

Joseph Pulitzer (1847~1911)

헝거리 출신 미국의 언론인, 신문 편집 · 발행인.
주요 활동 : 퓰리처상 제정《이브닝 월드Evening World》지 창간.

노숙자에서
신문기자로

풀리처는 헝가리의 유복한 가정에서 태어났다. 그런
데 뜻밖에 그의 아버지가 일찍 세상을 떠났다. 어머니는 새아
버지를 맞았고, 가정은 다시 평화를 찾는 듯했다. 그러나 풀리
처는 새아버지와 매사에 부딪쳤다. 결국 갈등을 견디다 못한
풀리처는 17세라는 어린 나이에 무작정 미국으로 갔다.

당시는 남북전쟁이 한창이었다. 아무것도 가진 것 없는 17
세의 소년이 전쟁 중에 할 수 있는 일은 없었다. 그래서 용병도
했고, 짐꾼, 웨이터, 노새몰이꾼까지, 먹고 살기 위해 무슨 일
이든 닥치는 대로 했다. 그러나 노숙자 신세를 면하기는 어려
웠다. 엎친 데 덮친 격으로, 사탕수수 농장에 취직시켜주겠다
는 꼬임에 넘어가 가지고 있던 돈을 모두 날리는 사기까지 당
했다.

풀리처는 자신의 억울함을 사람들에게 알려야 한다고 생각
했다. 그래서 자신이 당한 일을 글로 써서 신문에 투고했다. 그
런데 그 일이 커다란 기회를 제공해주었다. 그의 글을 본 편집
국장이 글 솜씨에 호감을 가져 기자로 특채했던 것이다. 바야

흐로 신문 인생이 시작된 것이다.

풀리처는 연일 특종을 터뜨렸다. 그러한 노력으로 순식간에 편집장에 올랐다. 그리고 마침내 《세인트루이스 포스트 디스패치St. Louis Post-Dispatch》를 인수하여 신문 발행인이 되었다. 풀리처는 점심은 건너뛰고, 저녁 식사는 되는 대로 먹으며, 새벽 네다섯 시가 돼야 잠자리에 드는 생활을 계속했다. 그런 노력 끝에 발행 부수가 3년 만에 4천 부에서 2만3천 부로 늘었고, 1879년에는 신문 지면을 4페이지에서 8페이지로 늘릴 수 있었다. 사업은 승승장구했다. 뉴욕에까지 진출한 그는 《뉴욕월드New York World》를 인수해 《월드World》로 이름을 바꿔 발행했고, 1만 부였던 발행 부수는 1백만 부로 늘리는 기염을 토했다.

사회악과
정면으로대결하다

풀리처는 유능한 기자들을 스카우트하고, 높은 임금을 지불했다. 대신 길거리로 뛰쳐나가 특종기사를 발굴해 오라고 요구했다. 그는 편집국의 벽, 기자들이 잘 볼 수 있는 곳에 벽보를 붙였다.

'누가? 무엇을? 왜? 어디서? 언제? 어떻게?'라는 6하 원칙과 '정확! 간결! 정확!'이 그것이었다. 퓰리처는 뉴스는 언제나 사실에 입각해야 하고, 그 사실은 간결하고 정확하게 기술되어야 한다고 강조했다.

신문 《월드》는 사회악이나 부패를 폭로하는 기사를 주로 다뤘다. 정치인이나 기업가, 심지어 목사 같은 사회적 지도자나 책임 있는 사람들을 주로 다뤘다. 뉴욕 시의원의 뇌물 수수 등 정치인의 부패, 스캔들 폭로도 단골 메뉴였다. 사람들이 《월드》가 당시의 다른 신문들과 무언가 다르다는 것을 알아차리는 데에는 그리 오랜 시간이 걸리지 않았다. 사람들은 그의 신문에 열광했다. 1백만 명에 달하는 독자들의 힘은 1890년대에는 미국과 영국의 전쟁을 막고, 부패한 보험회사들을 폭로해 문을 닫게 할 정도로 막강했다. 또한 빈민들에게 비싼 세를 받는 욕심 많은 집주인, 부패한 경찰, 부도덕한 정치인들과 싸워 승리하는 등 언론의 사명을 다했다.

그는 자신의 신문 《월드》의 기사를 '미국 최고'라고 평가한 루스벨트 대통령을 거짓말쟁이라고 공격하는 것도 서슴치 않았다. 정부의 '파나마 운하 건설 뇌물 수수 사건'에 대통령이 가담했음을 폭로했던 것이다.

결국 퓰리처는 편집간부들과 함께 대통령의 명예를 훼손했다는 혐의로 기소되었다. 그때 《월드》에는 이런 사설이 실렸다.

"이번 명예훼손 소송의 목적은 대통령(루스벨트)이 정부기관을 이용해 개인적인 보복을 하기 위해서였다는 것을 알리기 위해서이다. 대통령이 신문사(월드)와 신문사 사주(조셉 퓰리처), 또 편집 간부들을 어떤 죄목으로 고발하든 우리는 조금도 위축되지 않을 것이다."

나는 사실만을 쓴다

✢

그는 기자들에게 이런 말을 자주 했다.

"가난한 사람들에 대한 연민을 가져라. 항상 대중의 복지에 헌신해라. 단순히 뉴스를 인쇄하는 것만으로 만족해서는 안 된다. 잘못된 일을 공격하는 걸 두려워해서도 안 된다."

퓰리처가 유능한 언론인이자 경영인이 된 것은 일에 대한 완벽함이나 탁월한 능력 때문만은 아니었다. 자신이 가난과 소

외된 사람들을 대변하는 사람이 되고자 하는 의지 때문이었다. 지독한 가난과 가난이 주는 고통을 충분히 알고 있었던 그였기에 가능한 일이었던 것이다.

또 그는 기사의 사실성을 최우선으로 삼은 최고의 기자였다.

"일반적인 형태의 선정주의를 피해야 한다. 시시한 범죄를 크게 키워서는 안 된다. 신문에 대서특필할 만한 가치가 있는 사건은 최대한 밀어붙여야 하지만 기사를 꾸며내서는 절대 안 된다."

그는 이를 실천하기 위해 문체를 다듬고 기사의 정확성을 따지느라 밤을 새기 일쑤였다.

퓰리처는 은퇴 후 자신의 재산을 컬럼비아대학에 기부해 언론대학을 설립하게 했고, '퓰리처상'을 제정하여 매년 언론 발전을 위해 공헌한 사람들에게 상을 수여하게 했다. 자신이 신문을 하면서 평생 지켜왔던 신조, 즉 신문은 사실만을 말해야 하며, 약자의 편에서 악한 자를 고발해야 한다는 것을 지켜냈던 것이다. 그런 집념이 그를 언론 대통령으로 만들었다.

생각 노트

퓰리처는 평생 약자의 편에 서서 권력을 휘두르는 자들을 고발했습니다. 그렇다고 목적을 위해 무고를 하는 짓은 절대로 하지 않았습니다.

진실이 없는 고발은 나 자신에게 부메랑이 되어 돌아옵니다. 거짓말로는 아무것도 해결할 수 없습니다. 나와 타인에게 당당해지는 첫걸음은 진실에 있습니다. 진실만이 진정한 무기이자 최고의 방패라는 것을 잊지 마시기 바랍니다.

퓰리처는 자신이 평생 번 돈을 언론의 발전을 위해 아낌없이 내놓았습니다. 자신에게 있어 소중한 것을 내놓는 것은 용기가 없으면 불가능합니다. 정의를 위해 싸운 것도, 약자를 위해 일한 것도 모두 용기가 있었기 때문입니다.

퓰리처는 자신의 노력으로 지금 세상이 조금 더 나아지기를 바라며 끊임없이 용기를 냈던 것입니다. 모르는 길을 가는 것도 용기이며, 안 하던 공부를 하겠다고 결심하는 것도 용기입니다. 용기를 내세요. 그러면 변화시킬 수 있습니다.

왕국을 세운

자동차의 황제

. . .

헨리 포드

Henry Ford (1863~1947)

미국 포드 자동차 창업주.
주요 저서 : 《나의 산업철학My Philosophy of Industry》《오늘과 내일Today and Tomorrow》

호기심으로
똘똘뭉친소년

*

　　훗날 자동차 왕으로 불린 포드는 미국 미시건 주 웨인
에서 태어났다. 그는 어려서부터 호기심이 많았고, 관찰력이
매우 뛰어나 사물을 보면 그냥 지나치는 법이 없었다.

　6세 때의 일이었다. 가마솥에서 물이 끓는 것을 보고 의문이
생긴 그는 깡통에 물을 가득 넣고 모든 구멍을 꼭꼭 막은 다음
활활 타오르는 불 위에 올려놓았다. '과연 어떤 일이 일어날
까?'

　어린 포드는 불 위에 있는 깡통을 뚫어져라 바라보고 있었
다. 얼마 후 "펑!" 하는 소리와 함께 깡통이 튀어 오르더니 포
드의 머리에 상처를 냈다. 포드는 깜짝 놀랐다. 하지만 상처의
아픔보다는 호기심이 채워졌다는 것에 더 기쁨을 느꼈다.

　그의 호기심은 끝이 없었다. 12세 때 마차를 타고 집으로 돌
아오던 중 우연히 연기를 내뿜으며 달리는 수레를 보았다. 당
시 새로 만들어진 증기기관차였다. 포드에게는 너무도 생소한
것이었다. 흥분한 그는 앞뒤 가리지 않고 무작적 그 앞으로 뛰
어가 두 팔을 쳐들었다. 자동차가 놀라서 급정거를 하고 멈추

자 포드는 자동차 운전자가 고래고래 소리 지르는 것은 아랑곳하지 않고 수레를 이리저리 살피며 중얼거렸다.

"어, 이상하네. 말이 끌지도 않는데 어떻게 수레가 저 혼자 움직인 걸까?."

이렇듯 그의 호기심은 바닥을 알 수 없는 샘 같았다. 그는 항상 모르는 것이 있으면 알 때까지 끈질기게 물고 늘어졌다.

미쳐야 꿈을이룬다

포드는 15세 때 학업을 포기하고 기계공이 되었다. 그때부터 자신의 손으로 직접 자동차를 만들겠다는 꿈을 꾸기 시작했다. 그래서 낮엔 회사 일을 하고, 밤엔 자동차 만드는 일에 몰두했다. 매일 밤마다 뚱땅거리고 요란을 떠는 통에 마을 사람들의 항의를 받기도 했다. 하지만 개의치 않고 자신의 일에 몰두했고, 결국 지친 건 마을 사람들이었다. 마을에는 그가 미쳤다는 소문이 돌았다. 그 정도로 자동차 만드는 일에 빠져 있었던 것이다.

포드는 가솔린으로 가는 자동차를 만들려고 했다. 그 말을 들은 사람들은 모두 비웃었다. 하지만 포드는 자신의 일에만 몰두했다. 그리고 마침내 꿈을 이뤘다. 그는 자신이 만든 가솔린 자동차를 가지고 디트로이트에서 열린 자동차 경주대회에 나갔다. 경주에서 우승을 하면 많은 사람들의 관심을 끌 수 있었기 때문이었다. 결과는 우승이었다. 다른 자동차가 따라오지 못할 정도의 놀라운 속도를 냈던 것이다.

자동차시대를
열다

✛

포드는 1903년, 동업자와 함께 자본금 10만 달러로 자동차 회사를 설립하고, 본격적인 생산에 들어갔다. 그리고 1908년, 세계 최초로 대량 생산에 의한 자동차 'T형 포드'를 세상에 내놓았다. 그것은 마치 혁명과도 같은 반향을 일으켰다. 말과 사람이 끌던 수레에서 바퀴만으로 가는 세상으로 바뀐 것이다.

포드는 타고난 경영자였다. 합리적이고 체계적인 경영방식을 채택해 기획과 조직, 관리에 있어 탁월한 성과를 이루어냈다. 특히 대량 생산을 위한 조립라인 채택은 놀라운 혁신이었다. 최저 임금 일급 5달러에 1일 8시간 근무를 채택하는 등 근로자의 처우를 개선한 것이나, 가격을 인하하는 대신 판매량을 늘려 생산성을 높이는 전략을 쓴 것 등은 그가 경영자로서의 뛰어난 실력을 보여준 증거라 하겠다.

포드의 포드 자동차는 미국 최대의 자동차 회사로 군림하며 미국 경제를 끌어올리는 데 큰 기여를 했다. 그래서 세상은 그에게 '자동차 왕'이라는 명예로운 칭호를 주었다. 자신이 하고자 하는 일은 반드시 해내고야 마는 강한 의지의 소유자였던 포드에게는 불가능이란 없었던 것이다.

생각 노트

포드는 새로운 아이디어로 무장하기 위해 늘 탐구하고 노력했습니다. 새로운 자동차를 개발했고, 새로운 경영 방식을 고안해냈으며, 또 새로운 판매 방식을 추진했습니다. 도전하지 않으면 더 이상의 발전은 이룰 수 없는 것입니다. 그것은 인생을 포기하는 것과 다르지 않습니다. 고인 물은 썩기 마련입니다.

포드는 분명 훌륭한 발명가이자 경영자였습니다. 그는 사람을 중요시하는 철학을 가지고 있었습니다. 상대가 누구든 간에 진심으로 대하는 따뜻한 인간애를 지녔던 것입니다. 그의 인간성은 사람들에게 감동을 주었고, 존경받는 이유가 되었습니다.

포드는 자신을 관리하는 데 매우 엄격했습니다. 대개의 사람들은 자신에게는 관대하고 타인에게는 엄격한 편입니다. 그러나 그는 그 반대였습니다. 타인의 실수는 너그럽게 봐주면서도 자신의 잘못은 몇 번이고 곱씹어 생각하고 반성했습니다. 먼저 자신에게 엄격해지시기 바랍니다. 그러면 그들이 자연스럽게 여러분을 따를 것입니다.

영원한

어린이들의

친구

...

월트 E. 디즈니

Walt Elias Disney (1901~1966)

미국의 만화 제작자, 만화가.
주요 작품 :《미키마우스Mickey Mouse》,《백설공주와 일곱 난쟁이 Snow White and the Seven Dwarfs》,
《판타지아Fantagia》,《메리 포핀스Mary Poppins》

생쥐와
친구하다

✦

    디즈니의 아버지는 목수이자 농부였다. 넷째 아들로 태어난 그는 아버지가 사업에 실패했기 때문에 농사일을 거들며 어린 시절을 보내야 했다. 책 대신 쟁기를 들게 하는 아버지 밑에서 어머니와 형의 위로를 받으며 힘겨운 나날을 보내야 했다.

    하지만 한 가지 즐거움이 있었다. 바로 그림 그리기였다. 틈만 나면 석탄조각으로 농장의 가축들을 그렸다. 그중에서도 그가 가장 좋아했던 것은 생쥐였다. 남들이 징그럽게 피하는 새까만 생쥐가 그에게는 귀여운 친구였던 것이다. 어떤 때는 손가락이 아프도록 그리기도 했다.

    디즈니는 생쥐를 그리면서 무한한 상상을 했다. 때문에 변변한 그림도구 하나 없었지만 그림을 그릴 때만큼은 환상 같은 시간을 보낼 수 있었다. 또 마크 트웨인과 디킨스의 책을 즐겨 읽으며 만화가로서의 꿈을 키워나가기 시작했다.

쥐가 성공으로
이끌다

디즈니는 스케치 실력이 매우 뛰어난 청년으로 자랐다. 그리고 광고 대행사에서 일하면서 영화 간판부터 카다로그 그림까지 닥치는 대로 그리며 영화 제작에 관한 기초 기술을 익혔다. 그는 만화영화에 대해 관심이 많았다. 그냥 단순한 만화가 아니라 구체적으로 움직이는 영상이었다. 감정을 자연스럽게 표현하고, 마치 살아 있는 듯 생동감 넘치는.

디즈니는 상상의 폭을 넓히기 위해 칼 루츠의 만화 입문서를 탐독하며 인간과 짐승의 동작에 대해 연구하기 시작했고, 낡은 카메라를 빌려 밤마다 창고에 틀어박혀 카메라 작동법을 익혔다. 디즈니의 만화영화에 대한 열정은 집착에 가까웠다.

1922년에는 '래프 오 그램'이라는 회사를 설립하고, 단편 만화영화를 제작했다. 새로운 주인공을 내세우지 않고 '금발의 미녀'와 '곰 세 마리' 같은 동화에서 소재를 찾았다. 하지만 그의 피나는 노력에도 불구하고 결과는 너무도 참담한 실패였다. 그러나 그대로 포기할 수는 없었다. 그래서 형이 있는 할리우드로 가서 형 로이 디즈니와 함께 '디즈니 브라더스'라는 애

니메이션 스튜디오를 차린 후 첫 작품으로 《행운의 토끼 오스월드 Oswald the Lucky Rabbit》를 만들었다. 유니버설사를 통해 배급한 이 작품은 큰 성공을 거두었다.

디즈니는 곧이어 다음에 내놓을 캐릭터를 구상하기 시작했다. 그러던 어느 날 밤늦게 일하는 그의 앞에 생쥐 한 마리가 눈에 띄었다. 순간, 어린 시절 즐겨 그렸던 생쥐 스케치들이 그의 머릿속을 스쳐 지나갔다.

"바로 이거야!"

그렇게 해서 세상에 나온 것이 유명한 '미키마우스'였다. 디즈니의 미키마우스는 전 세계 어린이뿐만 아니라 어른들까지 매료시켰다. 순간의 아이디어가 엄청난 명예와 부를 가져다준 것이다. 독창적인 창의력이 얼마나 많은 부가가치를 지니고 있는지 보여준 증거라 할 수 있다.

진정한 가치를 추구하는 것이 프로다

디즈니가 만든 수많은 만화영화는 전 세계적으로 인기리에 상영되었고, 어린이들로부터 많은 사랑을 받았다. 그가 만든 60여 개의 캐릭터는 어린 시절 그가 즐겨 그렸던 동물들에게서 아이디어를 찾은 것들이었다. 거기에 어릴 적부터 가진 남다른 관찰력과 부단한 노력이 가미되었기 때문에 성공할 수 있었다.

디즈니가 그린 캐릭터는 만화영화는 물론 의류와 문구류, 시계, 목걸이, 신발 등 다양한 분야에서 활용되었고, 지금도 변함없이 사랑받고 있다.

때로는 그런 그를 향해 비난을 쏟아 붓는 사람들도 있었다. 순진한 아이들을 대상으로 돈벌이를 한다고. 디즈니는 그런 사람들에게 이렇게 말했다.

"나는 돈을 벌기 위해 영화를 만드는 것이 아니라, 영화를 만들기 위해 돈을 버는 것이다."

그에게 돈은 목적이 아니었다. 꿈과 희망을 줄 수 있는 좋은 만화영화를 만드는 것이 그의 진정한 목표였던 것이다.

그는 마침내 만화영화를 단순한 오락이 아닌 예술적 가치를 지닌 장르로 승격시켰다. 진정한 프로는 돈을 추구하지 않고 그것이 지니고 있는 가치를 찾아낼 때 진정한 프로가 된다. 그런 의미에서 디즈니는 진정한 프로였다. 그래서 아직까지도 그는 여전히 어린이들의 위대한 친구로 남아 있는 것이다.

생각 노트

　　디즈니가 세계 굴지의 영화사를 만들 수 있었던 것은 부모로부터 많은 재산을 물려받았기 때문이 아니었습니다. 바로 그에게는 남과 다른 생각과 남이 보지 않는 세계를 보는 눈이 있었던 것입니다. 현재 '미키마우스'를 비롯한 60여 개의 캐릭터가 소유한 부가가치는 제대로 환산하기조차 어려울 정도입니다. 이처럼 창의력은 손에 잡히지는 않지만, 무한한 가능성을 가진 지적재산입니다. 지금 현재 여러분의 재산은 돈이 아닙니다. 어른들은 할 수 없는 독특한 개성과 창의력이 바로 여러분의 재산인 것입니다.

디즈니는 자신이 원하는 일, 꿈꾸는 일을 했을 뿐입니다. 그러자 돈과 명예가 저절로 따라왔던 것입니다. 돈을 좇는 사람은 돈을 가지게 될지는 모르지만 돈의 노예가 되고 맙니다. 돈이 삶의 목표가 되어서는 안 됩니다. 돈은 그저 사는 데 조금 덜 힘들게 하는 것에 지나지 않습니다. 열심히 하십시오. 그러면 부는 저절로 따라오게 되어 있습니다.

자동차

신화의

주인공

. . .

리A.
아이아코카

Lido Anthony Iacocca (1924~)

미국 기업인. 크라이슬러 자동차 CEO.
주요 저서 : 자서전《아이아코카Iacocca》

넌 이탈리아
촌놈이야
✦

무너져가는 크라이슬러 자동차회사를 다시 일으켜 자동차 신화를 이룬 아이아코카는 이탈리아 이민 가정의 아들로 태어났다. 다정한 아버지와 상냥한 어머니 사이에서 그는 평화로운 어린 시절을 보냈다.

그의 아버지는 자녀들에게 공부하라고 강요하지 않았다. 하지만 무조건적으로 방임한 것은 아니었다. 자유롭고 여유로운 가운데서도 생활의 원칙을 강조하는 사람이었다. 그 원칙이란 '자신의 수입보다 많은 돈을 써서는 안 된다, 또 카드는 절대로 사용하지 않는다.'는 등의 소박한 것들이었다. 아이아코카는 아버지의 영향으로 경제적으로 계획하는 삶을 배워나갔다.

또 아버지에게 아주 중요한 것을 배웠다. 대인과의 관계에 있어 친절함과 배려하는 마음을 가져야 한다는 것이었다. 그래서 그는 항상 남을 배려하는 삶을 살았다. 그리고 한번 뜻을 두면 절대 포기하지 않았다.

한번은 이런 일도 있었다. 학창시절 아이아코카가 선도부 선거에 나섰을 때, 반 아이들은 교묘하게 조작하여 그를 패배하게 했다. 선생님도 그것을 알고 있었지만 오히려 아이아코카에게 결과를 받아들이라고 종용했다. 이탈리아의 피가 흐른다는 이유만으로 인종차별을 당한 것이다. 그는 분노하고 좌절하기보다 더욱 노력하는 것을 선택했다. 그후부터 더 열심히 공부했고, 더 많이 노력했다. 그래서 선생님들의 사랑을 독차지하고야 말았다. 그런 그의 성격은 훗날 포드 자동차의 사장으로서, 크라이슬러 자동차의 회장으로서 재계를 이끄는 마이더스가 되게 했다.

판매에도
법칙이 있다

✤

자동차 임대업을 하는 아버지 덕분에 아이아코카는 어렸을 때부터 자동차에 관심이 많았다. 리하이공대에 들어가 산업공학을 배운 후 다시 명문 프린스턴대학교에서 장학생으로 기계공학을 공부한 것도 다 자동차에 대한 관심 때문이었다.

1945년, 그는 그토록 꿈꾸었던 포드 자동차 회사에 엔지니어로 입사했다. 그런데 엔지니어는 적성에 맞지 않고 판매에

매력을 느끼게 되었다. 그래서 우여곡절 끝에 판매부 직원이
되었다.

아이아코카는 자동차 판매는 절대적으로 판매 대리인의 능
력에 있다는 것에 주목했다. 그들이 어떻게 하느냐에 따라 실
적이 결정되는 것을 보았던 것이다. 하지만 그 점을 중요하게
생각하는 경영인들은 많지 않았다. 기껏해야 자동차를 판매하
는 단순한 세일즈맨 쯤으로 여겼고, 때문에 그들을 업신여기기
까지 했다.

아이아코카는 판매 기법을 터득하기 위해 책을 읽고 선배들
에게 경험을 배웠으며, 도움이 될 만한 것은 무엇이든 가리지
않고 자신의 것으로 만들었다. 옷 입는 법, 말하는 법에도 신경
을 쓰며 자신을 엄격히 관리했다. 그 결과 남들과 차별을 두는
그의 판매 전략은 유효했다. 그에게 세상을 날 수 있는 날개를
달아준 격이었다. 그의 영업 실적은 타의 추종을 불허했다. 젊
은 나이에 지역의 지점장으로 승진한 것도 결코 우연이 아니
었다.

당시 포드 사의 부사장은 로버트 맥나마라였는데 그는 아이
아코카의 새로운 판매 방식을 눈여겨보고 크게 신임했다. 이에
힘을 얻은 아이아코카는 1956년형 포드 자동차의 판매 부진을
만회하기 위한 '56년형을 위한 56달러 기획' 이란 기발한 판매

전략을 세웠고, 그 성공으로 워싱턴 D.C 지역의 지배인으로 승진했다.

그는 일찌기 판매에는 고도의 전략이 필요하고, 그것이 제대로 먹혀들기만 하면 한꺼번에 놀라운 실적을 거둔다는 것을 알았다. 또 타사와 차별화되는 자동차의 성능, 디자인 등이 판매 실적을 높인다는 사실도 발견했다. 그는 총지배인으로 승진한 후 이러한 자신의 계획을 실행에 옮길 기회를 엿보다가 헨리 포드 사장의 신임을 받으면서 자신의 역량을 실현시켜나간 끝에 46세란 젊은 나이에 마침내 사장자리를 물려 받았다.

경험을 발판으로
신화를 쓰다

中

그런데 뜻하지 않은 일이 일어났다. 승승장구하며 미국인들을 놀라게 한 그가 그토록 믿고 따랐던 포드 2세로부터 일방적인 해고 통지를 받고 8년 만에 사장자리에서 쫓겨나는 신세로 전락하고 만 것이다. 한마디로 크나큰 수모였다. 포드의 배신에 분노한 그는 자신이 살아온 길에 대하여 회의를 느꼈다.

하지만 그에게는 경험으로 축적된 새로운 판매 기법과 경영 기법이 있었다. 또 그간 이룩해놓은 돈과 명예도 있었다. 마음만 먹으면 어떤 회사에도 갈 수 있었으나 32년 동안이나 몸담았던 자동차 일을 잊을 수가 없었다. 그때, 마침 극심한 위기에 빠져 있던 크라이슬러 자동차의 경영주가 그에게 경영을 맡아달라고 손을 내밀었다. 그는 주저하지 않았다.

아이아코카는 크라이슬러의 사장이 된 지 얼마 안 있어 회사에 많은 문제가 있다는 것을 발견했다. 불필요한 부서가 많아 인력 낭비가 심하고, 예산 낭비로 재정이 고갈되어가며, 감독이 제대로 이루어지지 않아 직원들이 나태에 빠져 의욕이 상실돼 있다는 것, 또 모든 잘못은 상대방으로 돌리는 등이었다.

아이아코카는 이에 신속하게 대처하여 얼마 안 돼 모든 문제점을 깔끔하게 처리했다. 다음에는 곤두박질쳤던 회사의 신용을 끌어올렸다. 그 결과 사장이 된 첫해에 무려 418, 812대라는 판매 실적을 올렸다. 하여 경영의 귀재라는 찬사를 받으며 화려하게 재기에 성공했다.

아아아코카는 남과 같이 해서는 남 이상 될 수 없다는 원칙을 보여준 도전적이고 실천적인 인물이자 미국인들이 가장 존경하는 전문 경영인으로 기억되고 있다.

생각 노트

아이아코카가 성공적인 인생이 될 수 있었던 것은 남과 다른 경영 마인드를 가지고 있었기 때문이었습니다. 남들과 같이 해서는 남들과 같은 정도밖에 될 수 없다는 것을 알고 끊임없이 도전했습니다.

보통 사람들은 배신을 당하면 원망과 분노로 한 세월을 보냅니다. 그것이 자신을 좀먹고, 인생을 낭비하는 것인 줄도 모르는 채. 하지만 아이아코카는 원망하거나 포기하는 대신 새로운 삶을 개척했습니다. 그리고 마침내 재기에 성공했습니다.

꿈은 포기하는 자에게는 미소를 보여주지 않습니다. 포기하지 마십시오. 더 힘차게 앞으로 나아가십시오.

어떤 사람은 생각보다 말을 먼저 합니다. 자신이 할 수 있는 것인지 없는 것인지 생각해보기도 전에 호언장담부터 해대는 것입니다. 그것은 신뢰를 잃게 되는 지름길입니다. 말하기 전에, 행동하기 전에 한 번만 더 생각하십시오. 그것이 신뢰할 수 있는 사람으로 만드는 비결입니다.

열린

경영의

귀재

. . .

빌게이츠

Bill Gates (1955~)

미국 마이크로소프트사 CEO
주요 활동 : '베이직(BASIC)' 개발, 운영체제 '윈도우즈' 시리즈 출시.

컴퓨터,
소년의 마음을 사로잡다

＋

큰 키에 약간은 구부정한 어깨, 안경 너머로 순하게만 보이는 눈을 가진 한 사람이 있었다. 그는 최근 11년 동안이나 미국은 물론 세계 최고의 부자로 손꼽히고 있다. 마이크로소프트 사의 최고 경영자인 빌 게이츠 회장이다.

그를 처음 본 사람은 그의 검소하면서도 평범해 보이는 인상에 놀란다. 세계 굴지 기업의 창업주이자 컴퓨터 하나로 세계를 정복한 사람이라고는 보이지 않기 때문이다. 그리고 이야기를 나누다 보면 또 한 번 크게 놀란다. 평범한 얼굴 속에 감춰진 엄청난 에너지를 느끼게 되기 때문이다.

게이츠는 1955년에 미국 워싱턴 주 시애틀에서 태어났다. 그가 컴퓨터와 인연을 맺은 것은 1967년 레이크사이드에 입학하면서부터였다. 컴퓨터는 게이츠에게 새로운 세계를 경험하게 했다. 그때부터 그의 관심은 온통 컴퓨터에만 있었다. 친구이자 나중에 마이크로소프트 사의 공동창업자가 된 P. 앨런을 만난 것도 그때였다.

게이츠는 총명한 소년이었다. 그래서 1973년 세계 최고의 명문인 하버드대학교 법학과에 입학했다. 그러나 딱딱하고 지루한 법률공부는 자유로운 사고와 독창성을 지닌 그의 성격과는 맞지 않았다. 그는 자신의 진로에 대해 신중히 생각한 끝에 수학과로 옮겨 공부를 했다. 하지만 수학 역시 그에게 맞지 않았다. 그의 가슴속에는 오로지 컴퓨터만이 자리하고 있었기 때문이었다.

삶은 원하는대로 이루어진다

✤

대학을 다니던 중 게이츠는 앨런과 함께 최초의 소형 컴퓨터용 프로그램 언어인 '베이직(BASIC)'을 개발했다. 획기적인 일이었다. 그는 자신의 열정과 가능성을 믿고 대학을 중퇴, 친구 앨런과 함께 뉴멕시코 주 앨버커키에서 마이크로소프트 사를 설립했다.

그의 가슴속엔 늘 뜨거운 열망의 피가 흐르고 있었다. 세계 제일의 컴퓨터회사를 만드는 것이 소망이었다. 그는 온 정열을 다 바쳐 밤낮으로 새로운 아이템을 찾고, 그 아이템을 제품으로 개발하기 위해 안간힘을 다 했다.

"삶은 원하는 대로 이루어진다."

그는 이 신념을 단 한번도 가슴으로부터 떠나보낸 적이 없었다. 그런 그에게 지금의 마이크로소프트 사를 만드는 데 기틀이 된 중요한 의뢰가 들어왔다. 당시 세계 최대의 컴퓨터 회사인 IBM 사가 퍼스널컴퓨터에 사용할 운영체제 프로그램의 개발을 의뢰한 것이다. 결과는 성공이었다. 그것은 자신의 신념을 굳게 믿었기 때문에 가능한 일이었다.

아이디어만이
살길이다

✦

게이츠의 경영방식은 매우 독특하고 독창적이엇다. 단순히 일률적인 경영시스템에서 벗어나 전 직원이 각자의 의견과 아이디어를 맘껏 발산할 수 있는 '셰어 포인트'라는 기법을 활용했다. 이는 누구나 자신의 아이템이나 의견을 회사 곳곳에 있는 백색 칠판에 자유롭게 쓰면 자동으로 입력이 되어 빌 게이츠의 개인 컴퓨터로 보내지는 장치이다.

게이츠는 사원들의 아이디어가 접수되면 즉각 회사 경영에 반영했다. 이 방식은 전 직원에게 애사심을 갖게 해주었다. 자신의 아이디어가 회사를 만들어간다는 강한 자부심을 심어주었고, 그것은 다시 직원들을 더욱 열정적으로 일하게 만들었다. 그 결과 마이크로소프트 사는 세계 최고, 세계 최대의 컴퓨터회사가 되었고, 빌 게이츠는 가장 신뢰하고 닮고 싶은 CEO로 선정되었다.

게이츠는 자신이 번 돈을 제대로 쓸 줄 아는 사람이다. 컴퓨터의 발전을 위해서라면 그곳이 어디든 간에 천문학적인 돈을 아낌없이 후원하고 있다. 우리나라도 그의 후원금을 받은 국가 중 하나다.

또 빌 게이츠재단을 설립해서 가난하고 소외받는 사람들을 후원하고 있다. 직원의 수가 5만이 넘는 거대한 회사를 운영하면서도 다양한 분야에 열정을 바쳐 일하고 있다. 자신의 일에 대한 자긍심과 인간에 대한 애정이 있었기 때문에 가능한 일이다. 11년째 미국 제일의 부자이자 세계 제일의 부자로 살아 있는 신화가 된 것은 바로 그 때문이었던 것이다.

생각 노트

게이츠의 목표는 세계 최고의 부자가 아닙니다. 자신의 아이디어가 세상에 보탬이 되고, 자신이 만든 프로그램이 세상을 바꾸기를 원했습니다. 지금 그는 자신이 소망한 대로 살고 있습니다. 간절히 원하고, 열심히 노력하면 소망은 반드시 이루어집니다. 반대로 지레 포기해버린다면 아무것도 할 수 없습니다. 원하십시오. 그것도 아주 간절히……. 게이츠는 직원들로하여금 자발적으로 의견을 내게 했고, 좋은 아이템을 기업에 반영시켜 일석이조, 아니 일석삼조의 효과를 거두었습니다. 세상에는 나보다 월등한 사람이 많다는 것을 인정하십시오. 그들이 많은 것을 가르쳐줄 것입니다. 게이츠는 가난한 사람들을 후원하는 것은 물론이고, 개발도상국가에 컴퓨터 발전 자금을 후원하고 있습니다. 게이츠가 훌륭한 기업가라는 것은 단지 회사 운영을 잘해서가 아니라 진정으로 사람을 사랑할 줄 아는 따뜻한 인간애가 있기 때문입니다. 무릇 세상에서 성공한 사람치고 자신만을 위해 산 사람은 없습니다. 인간애를 가진 평화주의자가 세상을 지배하는 것입니다.